LE
DIABLE MÉDECIN

PAR

L. DE CHAUMONT,

Auteur des *Français en Afrique*; du *Cheval de Créqui*, Comédie
du théâtre du Vaudeville, etc.

TOME PREMIER.

PARIS.

GABRIEL ROUX, ÉDITEUR,
25, rue du Vieux-Colombier.

CASSANET,
Rue des Gravilliers, 25.

POURREAU,
Galeries de l'Odéon.

1847

LE

DIABLE-MÉDECIN.

LE
DIABLE MÉDECIN

PAR

L. DE CHAUMONT,

Auteur des *Français en Afrique*; du *Cheval de Créqui*, Comédie
du théâtre du Vaudeville, etc.

TOME PREMIER.

PARIS.
GABRIEL ROUX, ÉDITEUR,
25, rue du Vieux-Colombier.

CASSANET,
Rue des Gravilliers, 25.

POURREAU,
Galeries de l'Odéon.

1847

CHAPITRE PREMIER.

Le bal chez la Maréchale.

C'était par une belle nuit de mai, nuit semée d'étoiles au ciel, et pleine d'un bruit joyeux dans la rue. On aurait pu se croire à Venise, et cependant, nous sommes à Paris.

Ce soir-là, il y avait réception chez ma-

dame la maréchale d'Humières. Dans les
vastes et somptueux salons de l'illustre maréchale, se croisaient en tous sens des milliers de convives.

Les uns parlaient amour ; et le sourire sur
les lèvres, l'oreille confidentiellement ten-
due, faisaient et recevaient tour-à-tour l'a-
veu d'une dernière bonne fortune; ceux-là
étaient les héros de la chronique galante, ils
se posaient du moins comme tels; d'autres se
contentaient du rôle de narrateurs, et ils
remplissaient leur emploi avec une impartialité qui leur faisait le plus grand honneur.

Enfin, la majorité se composait de cette
espèce neutre et bâtarde que nous appellerons les COMPARSES, dans cette grande co-

médie qu'un romancier spirituel a si bien

surnommée la COMÉDIE HUMAINE.

Dans ce moment, tous les regards étaient

tournés vers un groupe composé de trois

personnes : un brillant cavalier et deux fem-

mes masquées. L'une d'elles, à la tournure

noble et gracieuse, était la belle marquise

de Rieux, nouvellement arrivée à Paris, de

son château du Languedoc. L'autre était son

amie, la comtesse de Bellegarde.

Quant à la troisième personne, plus tard

nous ferons connaissance avec elle.

Suivez-moi, lectrice; quittons les salons

de madame la maréchale, où le bal va s'ou-

vrir par un quadrille chevaleresque de l'é-

poque. Ecartons-nous. Faisons place aux

folles joies de la danse ; à quelques pas, plus

loin, nous serons beaucoup mieux pour voir et pour observer.

Regardez, là-bas, à droite. Remarquez-vous cette porte en tapisserie que vient de soulever timidement une main mystérieuse? Cette main appartient à une jeune fille de quinze à seize ans, qui voudrait voir et entendre ce qui se passe autour d'elle, à condition cependant de n'être ni vue ni entendue.

Les regards de la jeune fille sont attachés avec une douce mélancolie sur le groupe dont nous avons déjà fait mention.

— Maintenant, se disait-elle, le voilà qui parle bas à madame la marquise de Rieux.

Il sourit à ses confidences ! Oh ! sans doute, il s'agit encore de quelque secret !

Et la jeune fille semblait toute disposée à surprendre le secret au passage, quand brusquement elle quitta son poste d'observation, à l'approche de deux cavaliers qui s'entretenaient entre eux.

— Dis-moi, comte de Bellegarde, quelle est donc cette jeune et charmante enfant qui s'éloigne, en nous voyant, avec toute la vitesse d'une biche effarouchée.

Et en même temps il désignait du doigt la belle écouteuse, qui venait de battre en retraite à leur approche.

— Elle s'est éloignée en nous voyant, dis-tu ? C'est qu'alors ce n'est pas nous qu'elle attendait.

— C'est probable.... puis changeant de conversation :

— Mon cher comte, — poursuivit-il, — tu m'as conté merveilles du nouveau héros à la mode !

— Tu l'as dit, marquis de Rieux, c'est le héros à la mode : on ne s'occupe, on ne s'entretient que de lui.

— C'est donc une idole sur son piédestal ?

— Et jamais idole n'a reçu plus d'encens des mains....

— Des mains de qui ? — demanda le marquis de Rieux.

— Parbleu ! des mains de tout e monde en général, et des femmes en particulier.

— Ha ! ces dames, au lieu de recevoir de

l'encens, le prodiguent aujourd'hui ! C'est donc une révolution ?

— Des plus complètes.

— Et cet heureux novateur qui escamote ainsi l'admiration, à son profit se nomme ?

— Tu me demandes son nom ?

— Ne peut-on le savoir ? Ton héros serait-il une énigme, une charade ?

— Peut-être.

— Allons donc !

— Il ne faut pas que cela t'étonne. Il est des êtres mystérieux qui n'ont pas de nom ; ils existent, voilà tout. A nous, ignorants mortels, de déchirer, si nous pouvons, le voile qui s'étend sur leur existence.

— Parbleu ! mon cher, tu piques vivement ma curiosité, et j'espère que tu voudras bien la satisfaire.

— Oui, autant que j'en aurai le pouvoir,
— dit en riant le comte de Bellegarde.

— Parle, je suis tout oreilles.

— Avant tout, mon cher marquis, il me faut une promesse.

— Et laquelle?

— La promesse de ne pas rire de ce que je vais t'apprendre. Après tout, songe que je ne serai ici que l'écho des salons de Paris.

— Ce que tu vas m'apprendre est donc bien ridicule?

— Mon cher, du sublime au ridicule il n'y a qu'un pas.

— Et tu crains de le franchir! Je te

croyais plus de courage. Parle et rassure-
toi.

— Apprends donc, marquis, qu'il ne
s'agit de rien moins que de galantes aventures.

— Des aventures de qui ?

— Du diable, mon cher, ni plus ni
moins !

— Ha! le diable est amoureux ! On disait
pourtant qu'en devenant vieux il s'était fait
ermite !

—L'ermite a déjà jeté son froc aux orties.
Il est revenu au rôle qu'il a rempli de tout
temps, au rôle de don Juan, de séduc-
teur. Si Ève fut réellement infidèle, quel fut
son complice ?

— Tu me fais là une question des plus scabreuses.

— Ce n'est pas une question que je t'adresse, c'est une supposition que je me permets !... Après tout, pourquoi le diable et l'amour ne marcheraient-ils pas de front ? Pourquoi n'auraient-ils pas traversé les générations en se donnant la main ? Vos poètes, qui quelquefois disent la vérité sans s'en douter, n'ont-ils pas mille fois surnommé l'amour ANGE ET DÉMON ?

Or, diable ou démon, cela ne fait qu'un. Que t'en semble marquis ?

— Il peut y avoir du vrai dans ce que tu me dis là. Il est certain que dans la pomme d'Ève, il pouvait y avoir quelque chose de diabolique... Tu m'accorderas, du moins, que dans tout amour légitime le diable n'a que faire.

— Mon cher, les amours légitimes, dans toute l'acception du mot et de la chose, sont fort rares ; elles se comptent. Toi et moi, par exemple, nous sommes deux maris qui pouvons dormir en toute sécurité sur l'oreiller conjugal ; le diable n'a jamais songé à pénétrer dans notre alcôve ; mais....

Au moment où le comte de Bellegarde et le marquis de Rieux, nouvellement arrivé à Paris, de son château de Languedoc, s'occupaient de ces graves questions, ils furent interrompus par un nouveau personnage.

CHAPITRE II.

Le Mousquetaire dans l'embarras.

— Parbleu! Je voudrais bien savoir par quel moyen, naturel ou surnaturel, il a eu vent de mes bonnes fortunes!

Le nouveau personnage que nous avons eu l'honneur d'annoncer à nos lecteurs, ne

poursuivit pas plus loin ce commencement
de monologue. Il s'arrêta court en apercevant le comte de Bellegarde et le marquis
de Rieux, qui s'avancèrent courtoisement
à son approche.

Après un de ces rapides examens qui donnent à notre pensée le temps de se reconnaître, le marquis de Rieux s'écria :

— Je ne me trompe pas : c'est le vicomte
de Saint-Pol, lieutenant aux mousquetaires
de sa majesté Louis XV.

— Moi-même, messieurs, répondit le vicomte. Mais j'ai, avant tout, une grâce à
vous demander. Il existe, comme vous le
savez, deux sortes de mousquetaires : les
ROUGES et les GRIS. J'appartiens aux premiers,
je vous saurai gré de ne point l'oublier.

— Et pourquoi cette distinction à laquelle vous semblez attacher un tel prix, — demanda gaîment le marquis de Rieux.

— Vous l'avez dit, messieurs. J'attache le plus grand prix à cette distinction, et voici pourquoi.

— Ha ! voyons le pourquoi.

— Le voici. Il existe une notable différence entre les mousquetaires ROUGES et les mousquetaires GRIS. Les rouges se contentent d'être rouges ; c'est là leur couleur et ils y tiennent, c'est leur droit ; quant aux gris, c'est autre chose. On dit que ce baptême-là leur vient...

— D'où, monsieur de Saint-Pol ?

— On prétend, messieurs, que ce baptême-là, n'est pas précisément un baptême d'eau... au contraire.

— Ha! ha! ha! Je comprends, dit en riant monsieur de Rieux.

— Vous comprenez, mon cher marquis; j'en suis bien aise. Alors, vous devez deviner combien il m'importe que l'on sache que j'appartiens aux rouges et non aux gris.

— Est-ce que Saint-Pol ne boirait plus? demanda tout bas Rieux à Bellegarde?

— Allons donc! qui a bu boira, répondit ce dernier; puis élevant la voix :

— Quoi de nouveau, monsieur de Saint-Pol?

— Quoi de nouveau? répondit le vicomte d'un air des plus piteux. — Quoi de nouveau? — Vous me le demandez? Hélas! vous voyez en moi l'homme le plus embarrassé.

— Et cet embarras, ne pouvons-nous le connaître?

— Oh! parfaitement, et je suis certain que vous me plaindrez autant que le mérite la situation critique dans laquelle je me trouve.

— Vous m'inquiétez, vicomte, — dit gaîment monsieur de Rieux. Vous à plaindre! vous jeune, brave, bien vu à la cour, parfaitement vu des dames...

— Et lieutenant aux mousquetaires, reprit Bellegarde.

— Rouges, messieurs, rouges, ne l'oubliez pas, c'est essentiel. Puis il reprit :

— Oui, je suis jeune, j'ai l'oreille du roi quelquefois, celle des dames souvent.

2

— Alors, de quoi vous plaignez-vous ? .

— Eh ! messieurs, c'est de quoi je me plains.

— D'être trop bien avec les dames ?

— Justement. Voilà ce dont je dois me repentir le restant de mes jours.

Et en prononçant ces dernières paroles, le mousquetaire prit un air singulièrement repentant, et qui donnait à sa moustache un tressaillement d'autant plus comique, qu'il gardait un sérieux imperturbable.

Rieux et Bellegarde eurent l'inconvenance de pousser un vaste éclat de rire qui dut retentir jusque dans les salons de madame la maréchale d'Humières.

— Vous riez, messieurs, répondit le vicomte, d'un ton scandalisé.

— Parbleu ! vicomte, vous nous le permettrez, je pense, sans que cependant notre gaîté puisse vous offenser.

— Vous avez raison, messieurs, riez, ne vous gênez pas ! Après tout, la situation dans laquelle je me trouve enferré prête beaucoup plus à rire qu'à pleurer.

Tenez, monsieur de Rieux, lisez.

En même temps, le vicomte de Saint-Pol présenta à Rieux une lettre que le marquis commença par déployer dans toute sa largeur et qu'il lut ensuite.

Voici le contenu de la lettre :

« Monsieur mon neveu ,

— Oui, messieurs, reprit Saint-Pol, en interrompant Rieux, c'est mon oncle le cardinal qui m'écrit. Vous êtes bien heureux, messieurs , ne n'avoir pas un oncle cardinal...

Continuez, marquis, continuez.

Rieux recommença sa lecture.

« Monsieur mon neveu ,

« L'enfer est pavé de bonnes intentions et de mousquetaires.

— Notez bien , s'écria le vicomte , que mon oncle le cardinal ne dit pas s'ils sont rouges ou gris. Il paraît qu'il y a mélange.

Continuez, marquis, cette fois, je m'engage à ne plus vous interrompre.

Le marquis continua.

« Pavé de bonnes intentions et de mous-
« quetaires. Je me fais vieux, mon héritage
« ne se fera pas attendre. Tout à mon neveu
« l'abbé, rien à mon neveu le mousque-
« taire.

« Signé, le cardinal de SAINT-POL. »

— Comprenez-vous maintenant, messieurs, s'écria le vicomte, comprenez-vous,
que si d'ici à quelques mois je ne suis pas
abbé, l'héritage de mon oncle le cardinal
m'échappe tout entier, et Dieu sait alors ce
qu'il me restera.

— Voici votre lettre, vicomte, dit Rieux
en lui rendant la fatale missive, et maintenant, permettez-moi de vous donner un conseil d'ami.

Faites-vous abbé, vicomte; faites-vous abbé.

— Faites-vous abbé, vicomte, reprit Bellegarde, le conseil de Rieux me semble excellent.

— Oui, sans doute, messieurs, votre conseil est excellent; malheureusement il se présente une difficulté fort grande.

— Et laquelle?

— Le passé.

— Oh! votre passé, vicomte! Je conçois; mais à tout péché miséricorde.

— Sans doute, sans doute.

Puis, après avoir réfléchi quelques secondes, Saint-Pol continua :

— Que mon passé soit connu des dames, j'y consens, je n'y vois pas grand mal, mais ce à quoi je ne puis consentir, c'est qu'il soit connu d'un homme.

— D'un homme !

— Oui, messieurs, si toutefois c'est bien à un homme que j'ai affaire.

— Je devine, vous craignez des indiscrétions. Mais avant d'être abbé, vous êtes mousquetaire et votre épée ?

— Et mon épée peut empêcher ces indiscrétions : d'accord, messieurs, mais je répondrai à cela que j'ai mille motifs pour ménager un homme aussi bien instruit, et qui, après tout, me semble un garçon de mérite et d'esprit, de beaucoup d'esprit, messieurs;

j'ai un faible pour ses semblables... J'aime
l'esprit, messieurs.

— Egoïste, — dit en souriant le marquis.

— Du tout, messieurs, c'est l'esprit des
autres que j'aime. Enfin, messieurs, voici
un autre motif qui peut-être ne vous pa-
raîtra pas trop déraisonnable. Ce diable
d'homme, ou plutôt cet homme endiablé,
est d'une force prodigieuse au pistolet
comme à l'épée. Que répondre? je vous le
demande, à un adversaire qui est spirituel
comme une épigramme et piquant comme
son épée qui vous pique toujours, quand
vous n'êtes pas de son avis? Ne croyez pas,
cependant, messieurs, que ce soit la pers-

pective d'un coup d'épée qui m'épouvante.
Oh ! mon Dieu non ; seulement, je tremble
qu'il ne fasse tort à mon chapeau...

— A votre chapeau , vicomte?

— Oui, messieurs, à mon futur chapeau
de cardinal.

— Mais puisque vous ne l'avez pas encore.

— Le coup d'épée? — demanda Saint-
Pol.

— Non , le chapeau , — répondit Bellegarde.

— C'est justement parce que je ne l'ai pas
encore que je dois redouter tout ce qui
pourrait lui faire ombrage plus tard.

— Mais un coup d'épée ne pourrait faire ombrage à votre chapeau de cardinal ? — objecta Rieux, — au contraire.

— Comment? au contraire. Je ne vous comprends pas, monsieur de Rieux.

— Le marquis veut dire, sans doute, — répartit Bellegarde, — qu'un coup d'épée, au lieu de faire ombrage à votre chapeau de cardinal, pourrait, tout au plus, le mettre à jour ! — en le perçant.

— Est-ce là votre pensée, marquis? — répondit Saint-Pol en regardant Rieux avec son imperturbable sang-froid. — Alors, je serai désolé de vous l'apprendre, mais votre calembourg me semble fort mauvais.

Puis il reprit :

— A propos, messieurs, vous n'êtes pas
sans avoir entendu parler de cet homme :
quand on est l'idole des femmes, les maris.....

— Oui, oui, — répondit brusquement
Bellegarde; — j'en parlais tout à l'heure à
mon ami de Rieux.

— A la bonne heure; et sans doute, vous
en disiez des merveilles?

— Monsieur de Saint-Pol, vous dites que
cet homme est d'une force surnaturelle,
l'épée ou le pistolet au poingt? J'ai ouï dire
cependant qu'il avait été blessé dans une
rencontre.

— Monsieur de Bellegarde a été mal informé, — répondit Saint-Pol; et voici l'exacte

vérité. Dans un de ses derniers duels, l'épée
de son adversaire vint frapper en plein dans
la région du cœur;—vous êtes blessé, monsieur, lui cria-t-on. — Du tout, messieurs,
répond notre homme; — c'est impossible,
nous avons entendu le choc du fer sur votre
poitrine.

Et des témoins, pour le secourir, se hâ-
tent d'entr'ouvrir le haut de son pourpoint.
Alors un petit médaillon roule aux pieds du
mari, — car le duel avait lieu avec un mari;
notre terrible duelliste se baisse, et, par un
rapide mouvement, ramasse le médaillon.

— Eh bien? demandèrent Rieux et Bellegarde.

— Eh bien! messieurs, ce précieux médaillon, c'était le portrait de la femme de

son adversaire. Et savez-vous ce que notre homme dit au malheureux époux ?

— Que lui dit-il ?

— Rendons à César ce qui appartient à César, au mari ce qui appartient au mari. Gardez ce médaillon, monsieur, c'est votre bien ; puis, remettant son épée au fourreau, il ajouta avec sa raillerie habituelle :

« Vous le voyez, monsieur, je ne suis nullement blessé, et c'est vous qui l'êtes deux fois. »

En effet, le menlencontreux mari s'en retourna avec un coup d'épée de plus, et une illusion de moins, ce qui faisait bien les deux blessures.

— Oui, mais il eut le portrait de sa
femme.

— Il eut la copie, et son rival eut le mo-
dèle : les parts n'étaient pas égales, messieurs, — ajouta St-Pol.

Cet être mystérieux est des plus redou-
tables. Redouté des maris et...

— Achevez, vicomte.

— Et adoré des femmes, messieurs.

Rieux et Bellegarde firent une grimace
des plus significatives.

Ils étaient mariés !!

Après un moment de silence, le mousquetaire reprit :

— A propos, monsieur de Rieux, je ne

vous ai pas demandé des nouvelles de madame la marquise, qui m'a paru plus charmante, plus jolie que jamais.

— Vous avez donc vu ma femme, monsieur de Saint-Pol ?

— Oui, marquis, tout à l'heure. J'ai eu
l'honneur de la voir ou plutôt de l'entrevoir.
Car je suis trop discret, messieurs, pour me
permettre de rompre un entretien... cet entretien fût-il...

— Un entretien, dites-vous ! avec qui
s'entretenait donc ma femme ?

— Hé ! ne le devinez-vous pas ?

— Nullement.

— Alors, mille pardons ; j'ai peut-être eu
tort de vous dire...

— Mais, monsieur le vicomte, vous ne m'avez encore rien dit.

— Comment? ne vous ai-je pas dit que la personne avec laquelle s'entretenait madame la marquise de Rieux, était justement...

— Qui donc? demanda vivement monsieur de Rieux.

— Mais notre HOMME MYSTÉRIEUX... notre célèbre docteur... car il est docteur...

— Et la marquise était seule avec lui?

— Seule, non. Madame la comtesse de Bellegarde...

— Ma femme aussi! s'écria le comte, sans donner à Saint-Pol le temps nécessaire pour achever sa phrase.

— La marquise avait l'oreille droite, et la comtesse l'oreille gauche.

— Mais elles lui parlaient donc? s'écrièrent simultanément les deux maris?

— Si elles ne LUI parlaient, elles l'écoutaient; et comme toute demande vaut une réponse, il s'ensuit que l'entretien était des plus confidentiels et je gage des plus intéressants...

— Qu'en savez-vous, monsieur le vicomte? demanda Rieux d'un ton qu'il voulut rendre joyeux, mais où perçait un malaise fort mal déguisé.

Quant à Bellegarde, il se gratta légèrement l'oreille, en passant la main sur son front rembruni, semblable à un poète qui pour-

suit une rime rebelle qu'il ne peut atteindre.
Des rimes sont femmes, et par conséquent
coquettes. Plus on les poursuit, plus elles se
montrent rétives.

Le vicomte de Saint-Pol avait achevé sa
confidence, et par manière d'acquit, il se
mit à relire la fameuse lettre de son oncle le
cardinal. Il cherchait à résoudre ce problème difficile.

A savoir :

Rester mousquetaire et ne point manquer
l'héritage de son oncle.

La solution de son problème l'occupait
tellement, qu'il ne s'aperçut pas que Rieux
et Bellegarde venaient de s'éloigner. Ce départ à la sourdine ne le surprit que médio-
crement.

— Je gage, dit-il, qu'ils sont à la recherche de leurs femmes! qu'ils cherchent! dans
la foule, ils ne pourront les reconnaître. Ces
dames sont masquées ; un mari ne reconnaît
jamais sa femme sous le masque, pour l'excellente raison qu'une femme change naturellement tous les jours de masque avec son
mari. Qu'est-ce que le mariage? Un cours
pratique de diplomatie, et tous les diplomates
sont masqués. Cet homme les intrigue , je le
vois, mais moi, il m'intrigue vraiment bien
davantage. Que risquent Rieux et Bellegarde ?
Ce que risque quiconque s'est aventuré sur
le terrain glissant de l'hyménée ! Pendant
que moi, vicomte de Saint-Pol, lieutenant
aux mousquetaires rouges de Sa Majesté, et
neveu d'un oncle cardinal , je risque de ne

porter jamais le chapeau rouge qui m'est destiné.

Puis, après avoir réfléchi, il ajouta :

— Allons, vicomte ! un peu de courage ! tout espoir de salut n'est pas encore perdu ! Cet homme est une étude vivante qu'il me reste à faire. Etudions-le; il doit avoir son côté faible ; le défaut de la cuirasse, comme on dit. Une fois que ce défaut me sera connu , alors... alors, au lieu de me tenir en garde, je pourrai me mettre sur l'offensive. Commençons d'abord par me rafraîchir; un mousquetaire a toujours soif ; c'est une des exigences du métier.

Et le vicomte de Saint-Pol se rendit directement dans le salon aux rafraîchissements. Laissons-le visitant les buffets, et faisant fête aux vins exquis de madame la maréchale. Il appelait cela faire ses adieux à sa compagnie de mousquetaires.

Des adieux ne sauraient être trop tendres ! !

Et puis, la main sur la conscience, ne sommes-nous pas obligés de plaindre ce brave vicomte? Vous qui connaissez son embarras, trouvez-vous étrange qu'il cherche à le noyer?

CHAPITRE III.

Dans un fauteuil.

A peine le vicomte de Saint-Pol avait-il quitté le petit salon d'attente que vous connaissez, qu'un jeune cavalier y pénétrait d'un pas mystérieux et plein de précaution. Une femme l'accompagnait.

— Le cavalier, c'était *lui!*

C'était l'homme dont le nom était dans toutes les bouches, dont la réputation grandissait à mesure qu'on le connaissait.

Il semblait avoir de vingt-cinq à trente ans. Sa taille était moyenne ; sa figure des plus expressives était cependant régulièrement belle ; un sourire railleur errait sur ses lèvres. Il y avait chez lui du don Juan et du Méphistophélès.

Cependant, avant d'achever cette rapide esquisse de notre héros, nous croyons devoir prévenir le lecteur, que le pied de ce mystérieux personnage n'était nullement fourchu, que son front était dépourvu de toute proéminence diabolique, que nulle odeur de roussi ne trahissait sa présence ; enfin ce pouvait être le diable, mais un

diable pudibond et qui avait grand soin de
cacher cette queue proverbiale dont il a été
doté de toute éternité ; nous voulons dire,
depuis le jour de sa chute, et cette époque,
comme on sait, est fort ancienne.

D'où venait cet homme ? — Si toutefois
c'était un simple mortel, — quelle était sa
patrie? sa famille? son vrai nom? A cette
question fort simple, personne n'aurait pu
répondre et presque personne ne le lui demandait. Il est des questions indiscrètes;
et comme l'on savait déjà qu'aux gens trop
curieux il avait répondu par un de ces argu-
ments sans réplique qui, pour imposer silence à un questionneur impertinent, ne
trouvent rien de plus naturel de le jeter sur
le carreau, il s'en suit que, tout en la crai-

gnant, on subissait sa présence. Disons-le,
il n'était jamais l'agresseur ; souvent même
il feignait de n'avoir pas entendu une in-
jure. Le vrai courage, le courage heureux,
attaque rarement.

— Votre main tremble dans la mienne,
madame la marquise, que craignez-vous
donc?

Ces paroles étaient adressées par notre
héros à la belle marquise de Rieux, qui venait d'entrer avec lui.

— Ce que je crains, — répondit la marquise,—je crains que mon mari nenous ait
aperçus.

Et ses regards inquiets se dirigeaient vers
la porte par laquelle elle venait d'entrer.

— Rassurez-vous, madame, quand bien même monsieur de Rieux vous aurait aperçue, il n'aurait pu vous reconnaître sous ce déguisement, sous ce masque, qui cache votre visage.

Puis il ajouta :

—Nous voici seuls, madame la marquise, personne ne viendra nous interrompre.

—Personne ! En êtes-vous bien sûr ?

— Parfaitement sûr madame la marquise; depuis quelques temps, on a pris une habitude, celle de ne plus m'interrompre... De grâce, daignez vous asseoir.

Et il approcha un fauteuil à madame de Rieux qui, cédant à l'ascendant étrange que cet homme semblait exercer sur elle, finit par s'asseoir.

— Et maintenant, madame, ce masque jaloux; permettez...

Et il fit un mouvement pour dénouer le ruban rose qui retenait le masque de la marquise.

— Non; arrêtez, — dit celle-ci.

— Comment, madame, vous me refuseriez ce nouveau bonheur?

— Me voir est donc pour vous un bonheur?

— En pouvez-vous douter? vous êtes si belle!

— Dans ce moment, vous l'ignorez.

— Dans ce moment, madame, je me sou-
viens.

Et il fit un nouveau mouvement que la
marquise comprit à merveille.

— Non, de grâce, monseigneur, dit-elle;
que vous importe ce masque, vous qui pouvez lire....

— Dans les cœurs, madame la marquise;
sans doute, je le puis, Dieu m'en a donné le
pouvoir.... et cependant, ce masque me dé-
plaît. Vous souvient-il, madame la marquise, de ce qu'un philosophe fameux disait à un célèbre conquérant :

« Ote-toi de mon soleil. »

A ce masque, madame la marquise, je
suis tenté de dire :

« Ote-toi de mon bonheur! »

— Ah! monsieur! — fit la marquise, — combien vous êtes galant... et impitoyable! Que vous faisait ce malheureux velours?... Mais vous le voulez : vous serez obéi.

Et de ses mains blanches et mignonnes elle dénoua le masque; madame de Rieux se montra dans tout l'éclat de sa beauté.

Le jeune et galant cavalier s'empara du masque avec un empressement plein de courtoisie; puis se penchant sur le dossier du fauteuil de la marquise, il se tint immobile comme s'il eût été en extase en présence de madame de Rieux, et disons que dans ce moment elle était réellement adorable: une charmante rougeur colorait son frais visage; ses grands yeux étaient baissés comme si elle

eût craint de soutenir les regards pleins de
feu qui semblaient vouloir lire dans son âme;
elle restait muette : on aurait dit une pauvre pénitente aux genoux de son aumônier
prêt à l'absoudre.

Une jolie femme se fait toujours absoudre !

— Que vous êtes belle, madame , — dit
une voix bien douce, en se penchant à l'o-
reille de la marquise !

— Oh! silence! monseigneur.

Il paraît qu'on ne tint nullement compte
de ce silence imposé d'une voix coquette.

L'autre voix continua :

— Oh! oui vous êtes bien belle!! et un
mari espérait...

— Oh! pitié, monseigneur !

Rassurez-vous , Madame , je sais tout ,
mais...

— Achevez.

— Mais le marquis de Rieux ne saura
jamais rien ? — N'est-ce pas le partage d'un
mari ? — ajouta la voix, mais cette fois de
manière à n'être pas entendue ; — n'est-ce
pas le partage d'un mari de ne savoir jamais rien ?

— Monseigneur, comptez alors sur ma reconnaissance, dit madame de Rieux ; — un
mot de vous et je serais perdue... Mais,
grand Dieu ! n'avez-vous rien entendu ?
Quelqu'un vient : ce masque ! de grâce,
ce masque !

La marquise s'était levée brusquement :
le masque avait recouvert son joli visage, et

saluant le cavalier d'un geste plein de grâce
elle s'éloigna.

L'homme étrange qu'elle venait de quitter la suivit d'un long regard qui semblait
vouloir dire :

— Cette femme m'appartient corps et
âme, car j'ai son secret! Mais pensa-t-il,
quel est l'importun qui est venu nous interrompre?

Ce n'était point un importun ; c'était encore une femme. C'était l'amie de la marquise, c'était la comtesse de Bellegarde.

En l'apercevant le beau cavalier ne put
cacher un mouvement de joie et d'orgueil
satisfait.

— Très-bien, — dit-il, — je suis en veine,

et voilà ce qui s'appelle tomber de brune en blonde et de blonde en brune : la chute est charmante.

Le cavalier s'approcha de madame la comtesse de Bellegarde qu'il prit par la main, sans que celle-ci offrît la moindre résistance. Le fauteuil qui avait reçu la marquise, reçut à son tour la comtesse ; la blonde remplaçait la brune, voilà tout.

— Je vous attendais, madame la comtesse, — dit le cavalier à madame de Bellegarde qui venait de s'asseoir.

— Vous m'attendiez, — dites-vous, — comment, vous saviez ?...

— Que j'aurais le plaisir de vous voir, de vous parler, de vous entendre sans témoins ; oui, madame, je le savais.

— Oh ! s'il ne savait encore que cela , dit la comtesse, à voix basse !

Et tout en faisant cette réflexion mentale, la comtesse plus aguerrie que la marquise , ôta d'elle-même son masque.

Le cavalier l'examina.

— La comtesse n'est pas moins jolie que la marquise, — pensa-t il. — Toutes deux ont leur secret... c'est à merveille.

Et il vint s'accouder sur le fauteuil que nous appellerons le fauteuil aux confidences.

Cependant la comtesse gardait le silence. Le beau cavalier et la belle femme ressemblaient, dans ce moment , à deux ennemis qui s'observent en silence , avant d'engager la bataille. Seulement, en examinant bien les deux acteurs que nous mettons ici en

scène, on aurait pu se convaincre que l'un
avait un rôle difficile , ingrat à remplir ;
pendant que l'autre, au contraire, était sûr
du succès.

Evidemment le bon rôle était pour le cavalier ; et le rôle ingrat, pour la comtesse.

Ce fut la comtesse qui rompit le silence ;
ou plutôt elle préluda par cette petite toue
forcée qui semble vous dire, — vous êtes
insupportable, monsieur, j'ai envie de vous
parler ; la plus grande envie, et cependant,
vous ne le voyez pas, vous feignez de ne pas
le voir.

Le beau cavalier devinait fort bien ce qui
se passait dans l'esprit de la comtesse, mais
soit caprice, soit tout autre motif, il attendait, persuadé, sans doute que quelquefois,

l'on gagne à attendre tout ce que quelquefois, on perd à trop se presser.

Enfin, madame de Bellegarde lui dit de
cette voix mignarde qui cache un sourire
sous l'apparence d'un reproche qu'on s'a-
dresse à soi-même.

— Que dirait-on, monseigneur, de cette
audience toute mystérieuse, si l'on nous sur-
prenait ensemble?... le monde est si méchant!

— Oh! c'est trop vrai, madame, le monde,
ce grand calomniateur, est bien méchant!

La comtesse poursuivit :

— On croirait peut-être...

Ici elle hésita,

— On croirait, peut-être, — acheva le

cavalier, — que je touche à un bonheur
dont je suis hélas ! bien éloigné.

— Eloigné... Mais, monseigneur, les distances se rapprochent comme... comme les
extrêmes, dit en riant la comtesse.

A propos de rapprochement, le cavalier
se contenta de rapprocher son fauteuil de
celui de la comtesse. C'était une réponse
comme une autre, et, peut-être, valait-elle
mieux qu'une autre.

Entre un fauteuil occupé par une jolie
femme et un jeune et aventureux cavalier,
il s'établit naturellement la stratégie sui-
vante :

Quand le fauteuil de *Monsieur* est assez
indiscret, ou assez entreprenant pour ga-

gner du terrain, le fauteuil de *Madame* bat
en retraite.

Ce petit manége eut donc lieu, pour l'excellente raison qu'il devait avoir lieu; et
ne pouvait en être autrement.

Comme le fauteuil de Madame continuait
à reculer à mesure que celui de Monsieur
avançait, le cavalier dit en riant à son
tour.

— Vous m'avez dit, madame la com-
tes e...

— Que vous ai-je dit, monseigneur?

— Que les distances se touchaient comme
les extrèmes; mais alors, madame la comtesse, je vous ferai observer que c'est à une
condition...

— Et laquelle ?

— C'est que, lorsqu'un extrême se rapproche, l'autre ne s'éloignera pas.

Ce disant, le fauteuil de Monsieur se rapprocha encore.

— Il est impossible, — répondit la comtesse, — de pouvoir dire avec plus d'esprit, quand je m'approche de vous, ne vous éloignez pas.

Et le fauteuil de madame la comtesse de Bellegarde cessa de battre en retraite.

Les deux ennemis : — Je veux dire les fauteuils se touchaient presque ; c'était le moment de l'abordage, évidemment la bataille allait s'engager.

Après quelques secondes d'une trève muette dont la comtesse profita, sans doute, pour mesurer ses forces ou sa faiblesse ;

pensant que le parti le plus prudent, le plus sage était de capituler avec le redoutable adversaire, dont les yeux perçants restaient braqués sur les siens, comme une pièce de campagne prête à faire feu, la comtesse prenant sa voix, la plus tendre, la plus voilée dit :

— Vous connaissez donc beaucoup de secrets, monseigneur ?

— Oui, madame, beaucoup.

— Et le nombre en augmente, assure-t-on, tous les jours ?

— Tous les jours, madame.

— Et que comptez-vous faire, monseigneur, de cette admirable collection ?

— Oui, madame la comtesse, vous avez

raison, c'est une admirable collection ; très variée surtout depuis le secret rose et mignon, jusqu'au secret le plus noir depuis le papillon volage qui se nourrit de fleurs amoureuses, jusqu'au serpent qui vit de trames et de perfidies.

— Et cette curieuse collection, n'est pas à vendre, demanda gaîment la comtesse.

— Elle est hors de prix, madame.

— Mais encore... ceci coûterait donc fort cher, poursuivit la comtesse de Bellegarde, en conservant son ton joyeux.

— Il est des personnes, madame la comtesse qui paieraient volontiers un secret, non pas au poids de l'or, mais au prix de leur sang.

— Voilà pour les secrets terribles... mais pour les secrets mignons, comme vous les appeliez tout-à-l'heure, ceux-ci doivent être taxés à un prix moins élevé.

— J'acquiers, madame la comtesse, mais je ne vends jamais.

— Alors, vous êtes incorruptible ; vous êtes un homme rare, monseigneur, oui rare, sous tous les rapports.

Et comme pour s'assurer qu'elle n'avan- çait, dans ce moment, rien d'exagéré, ma- dame la comtesse de Bellegarde leva les yeux sur les yeux de son interlocuteur.

Celui-ci, semblait rêveur, distrait ; et profitant de cette rêveuse distraction, la comtesse se prit à l'examiner de nouveau. Cet examen fut presque aussi rapide que la

pensée, et cependant il faut bien constater
un fait : cet examen fut complétement à l'a-
vantage du personnage mystérieux, la comtesse semblait comme fascinée ; on aurait
dit qu'une puissance surhumaine la rap-
prochait de cet homme ; il lui semblait entendre une voix qui lui disait :

« Comtesse de Bellegarde, prenez garde,
cet homme est aussi redoutable comme ami
que comme ennemi. » Il est probable que
la comtesse préférait son amitié à sa haine,
car elle lui dit sans aucune colère.

— Vous êtes rêveur, monseigneur.

—Ah ! mille pardons, madame la comtesse ; en effet, dans ce moment je...

— Allons ! soyez franc, je gage que votre

pensée était bien loin de la mienne, vous planiez dans l'idéal.

— Dans l'idéal, madame la comtesse ; détrompez-vous, il n'est rien de plus positif qu'un secret.

— Quand on est sûr de le posséder.

— Oh ! madame, il est des certitudes pour lesquelles l'ombre même d'un doute n'est plus chose permise.

La comtesse de Bellegarde fronça imperceptiblement le sourcil, puis maîtrisant ce trouble passager.

— Monseigneur, dit-elle, je vous crois parfaitement instruit ; cependant, s'il me restait encore quelques doutes à cet égard, ne puis-je espérer que vous consentirez un jour... bientôt à les lever?

— Je suis à vos ordres, madame la comtesse.

— Je n'attendais pas moins de votre galanterie

— Oui à vos ordres, aussitôt qu'il vous plaira.

— Je vous prends au mot, monseigneur : demain.

— Demain, madame la comtesse...

— Oui demain, je serai malade, souffrante, indisposée... J'aurai la migraine, si vous l'aimez mieux et...

La comtesse n'acheva pas sa phrase ; soit qu'elle eût entendu quelqu'un venir, soit

tout autre motif, elle se leva brusquement,
fit un signe d'adieu au beau cavalier, et disparut en lui répétant :

— A demain !

— A demain donc ! soit, s'écria le mystérieux personnage avec lequel il est enfin
temps de faire plus ample connaissance, si
toutefois, il est sage et prudent de faire connaissance avec le diable !

CHAPITRE IV.

Le docteur Gabriel.

A peine la comtesse de Bellegarde se fut-elle éloignée, qu'un rire saccadé, strident et dont les notes étranges semblaient n'avoir rien d'humain, se fit entendre dans le salon d'attente où nous avons introduit nos différents personnages.

5

Est-il besoin de dire que ce rire diabolique appartenait à notre héros?

— Ainsi, mesdames, disait-il; vous me
craignez, parce que je suis possesseur de
quelques-uns de vos secrets... les plus intimes!... L'effroi que je vous inspire, vous livre à moi corps et âme! Je savais bien que
vous seriez à moi de manière ou d'autre. Il
est deux routes pour arriver à son but : Per-
suader ou intimider. Quand on suit ces deux
routes à la fois, le succès est infaillible, et
l'on parvient à tout!..

Pour l'intelligence de ce petit monologue,
il est nécessaire de revenir un peu sur nos
pas. Le diable a été surnommé l'ange des
ténèbres; dissipons ces ténèbres, et que la
clarté se fasse autour de lui.

Quelque temps avant le commencement de cette histoire, voici donc ce qui s'était passé à la cour de haut et puissant seigneur Satan, empereur des enfers.

Après avoir rassemblé ses ministres en grand conseil, il leur avait prouvé, dans un discours clair et net, que les affaires du royaume allaient de mal en pis, et qu'il était grandement temps d'obvier à cet inconvénient.

— Oui, messeigneurs, leur dit-il, mon crédit baisse tous les jours. L'homme devient sceptique, railleur, incrédule. L'homme se permet sur mon compte mille quolibets plus ou moins plaisants. Il prétend que je n'existe que dans la tête des vieilles femmes, et dans le cœur des jeunes filles. Il est temps

de lui prouver que j'existe en tout et partout. L'homme ose me braver, il se pose, à
mon égard, en vrai matamore; il me tarde
de lui prouver qu'il est lâche et peureux!
Messeigneurs, si je voulais lutter contre
l'homme, armé de toute ma puissance ma
victoire serait beaucoup trop facile; elle
n'aurait donc rien de glorieux pour nous.
Telle n'est point mon intention. Au contraire, je vais messieurs, vous confier mon
sceptre et ma couronne pour quelques mois.
Je veux bien devenir un simple mortel, pour
prouver à ces pauvres humains qu'ils ne sont
rien entre les mains de l'être supérieur, qui
tout en se rappetissant à leur taille, sait les
dominer par une volonté ferme!

Ici, le diable but un immense verre d'eau

sucrée que venait de lui apporter un dia-
blotin rose qui lui servait de page, puis il
continua en ces termes :

— Messieurs, je ne vous dirai pas quels
moyens je prétends employer pour relever
mon crédit. L'imprévu me plaît ; je ne veux
donc pas prévoir quelle sera, au reste, ma
vengeance. Tout ce que je puis vous dire,
messieurs, c'est que je me fais homme et
que je vais voyager parmi les hommes. Eh!
dites-moi, messeigneurs, ne sera-t-il pas
bien plus glorieux pour moi de les vaincre
en heureux rival, que de les écraser en sou-
verain tout-puissant !

Sur ce, messieurs les ministres, je vous
prie de me souhaiter un heureux voyage.

Vous savez que j'ai toujours reçu vos sou-
haits avec une véritable reconnaissance. »

Le diable, à ces mots, quitta son trône,
déposa entre les mains de son président du
conseil, sa couronne quelque peu enfumée;
puis saluant toute l'assemblée, il sortit de
son palais. Après avoir gravi un escalier
tournant, composé de trois millions de
marches, il souleva une trappe connue de
lui seul.

Le diable était sur terre!

Une fois arrivé à ce point, le diable se
consulta lui-même :

— Voyons, se dit-il, quel rôle vais-je
m'imposer? que serai-je? que deviendrai-
je? L'homme n'a plus de valeur que par son
mérite; il s'agit donc que je sois un homme

de mérite. Différentes carrières s'ouvrent devant moi ! serai-je grand capitaine? rusé diplomate, abbé galant ou bien avocat bavard? Grand général, je conduirai les hommes au combat; ils se battront en mon nom; ils y perdront la vie, et moi j'y gagnerai beaucoup de gloire. Diplomate, je pourrai nouer et dénouer mille intrigues... Abbé, je composerai de magniques sermons que les dévotes viendront écouter avec respect. Enfin, avocat, je pourrai parler, parler, parler, jusqu'à extinction de voix.

Le diable réfléchit, puis il continua.

— Entre ces quatre carrières laquelle faut-il choisir?... Mais voyons : n'en serait-il point une autre? Si je me faisais cent fois millionnaire! c'est là une admirable profession devant laquelle toutes les autres s'inclinent; de cette manière, je serai certain de retrouver bien vite ma couronne que j'ai laissée là-bas! Les rois de la terre me nommeraient marquis, baron. Ils feraient des traités avec moi; ils m'appelleraient leur cousin! de l'or! de l'or!... Oui, mais ce n'est là qu'un mérite *monnayé*, et moi, il me faut un mérite personnel.

Le diable était fort embarrassé. Se ferait-il *pauvre diable*? Cette perspective n'avait rien de bien attrayant. Le monde est peuplé de pauvres diables; et il ne valait guère la peine d'en augmenter le nombre !

Tout-à-coup il vint une idée lumineuse au diable: il se ferait docteur!

Ici, nous sommes bien obligés de donner

raison au diable. Son choix était des plus
sages, des plus heureux. Un grand docteur
est un demi-Dieu, qui, à l'aide d'ordon-
nances gouverne l'univers malade !...

Un mois après, il n'était question dans
tout Venise que du célèbre docteur Gabriel
de Saint-Ange. Ainsi se baptisa le diable.

Le docteur Gabriel de Saint-Ange
est jeune, beau, et sa science est univer-
selle. Il guérit de toutes les migraines, rien
qu'en tâtant le pouls légèrement fébrile
d'une belle et jolie femme. Quant aux ma-
ladies graves, le docteur Gabriel de Saint-
Ange a, pour les combattre, une panacée
infaillible.

Son système est fort simple, en deux
mots le voici :

Le docteur Gabriel de Saint-Ange, prétend que le corps n'étant qu'un pâle reflet
de l'âme, il s'en suit que pour guérir un
corps malade, il faut, avant tout, pouvoir
lire dans l'âme. Un homme était-il à l'ago-
nie, il lui proposait le marché suivant :

— Voulez-vous être guéri, demandait le
docteur.

On devine la réponse du malheureux
moribond ; il ne manquait jamais de dire
oui.

— C'est bien, — répondait le docteur, —
je puis vous guérir ; mais à une condition,
je vais devenir maître de vos secrets.

Le malade, à cette étrange proposition,

faisait un soubressaut d'épouvante sur son lit.

— Vous aimez mieux vous taire, — répondait l docteur, — mon ami, vous êtes parfaitement libre... de mourir quand il vous plaira.

Le moribond avait encore plus peur de mourir que de livrer ses secrets. Le docteur recevait la terrible confidence, et la santé était rendue au malade. Le malheureux était tellement persuadé de l'importance des aveux qu'il faisait, que la santé lui semblait une indemnité légitimement due. Il se laissait revivre, uniquement parce qu'il était] convaincu qu'il ne pouvait plus mourir.

C'est la foi qui le sauvait !

Deux mois après, la réputation du célèbre Gabriel de Saint-Ange était arrivée à son apogée. Il se trouva maître du terrain sans que personne songeât à le lui disputer. Il devint le docteur de toutes les femmes à la mode ; il connut tous leurs secrets, et qu'on juge avec quelle arme redoutable, et toujours victorieuse il put leur livrer bataille.

Jamais on n'avait vu tant de cœurs mis sur le carreau ! Le docteur faisait une véritable Saint-Barthélemy de tous ces cœurs qui finissaient toujours par lui crier : — merci !

Le docteur n'était point inflexible ; il se laissait donc gagner, mais Dieu sait à quelles conditions la capitulation avait lieu.

Le diable avait parfaitement calculé. Le

métier de docteur lui rapportait des gains immenses, non pas qu'il prélevât de l'or pour
ses honoraires ! Fi donc ! le docteur Gabriel
de Saint-Ange se payait, vraiment bien, en
autre monnaie !

Effrayer les hommes et séduire les femmes !
Voilà quel était son but, et ce but était atteint ! peut-être même dépassé.

Cependant, n'oublions pas une épisode de
la singulière existence du docteur Gabriel
de Saint-Ange. Lui, si puissant, il se laissa
vaincre. Après avoir dicté des lois à toutes
les jolies femmes de Venise, un jour vint où
l'amour devait avoir sa revanche. Voici ce
qui était arrivé au docteur :

Dans une de ses promenades du soir, sur
les eaux limpides du lac, sa légère embarca-

tion se croisa avec une gondole richement
pavoisée et dans laquelle il aperçut une jeune
fille d'une rare beauté. Le docteur sentit son
cœur prendre feu dans sa poitrine. Il rougit
d'abord d'une telle faiblesse, mais la faiblesse l'emporta sur l'homme fort.

Le lendemain, les deux gondoles se ren-
contrèrent encore, et le docteur ne se sentit
pas moins ému qu'il ne l'avait été la veille.

Quatre à cinq jours se passèrent ainsi, et
l'amour gagnait du terrain, à mesure que le
docteur perdait du sien. Il fut aux infor-
mations; et bientôt il apprit que cette
charmante jeune fille était d'origine fran-
çaise et qu'elle voyageait avec sa famille
pour son plaisir.

Le sixième jour, quand vint l'heure de la

promenade nautique, le docteur ne se fit
pas attendre, mais cette fois, la gondole ne
revint pas. Pendant une semaine entière,
l'amoureux docteur attendit vainement. La
douce image de la jeune fille ne vint plus
lui sourire. En apprenant qu'elle était partie
pour la France, Gabriel de Saint-Ange, s'em-
barqua aussitôt pour la France, il ne poursuivait pas l'amour, c'est l'amour qui le
poursuivait ! Il se rendit directement à
Paris, dans l'espoir d'y retrouver la belle
voyageuse, toutes ses recherches furent inu-
tiles. Alors, il prit bravement son parti, il
chercha à l'oublier, et certes, l'oubli n'était
point chose difficile, dans une ville comme
l'était Paris, à cette époque, ville d'amour
et de plaisirs.

Le docteur Gabriel s'y trouva tout d'a-
bord si bien, qu'il lui sembla que Paris
était fait pour lui, et lui, pour Paris.

Entre la grande ville et le grand docteur,
s'établit une vive et ardente sympathie, tous
deux méritaient de se comprendre, et ils se
comprirent!

Là, les succès du docteur furent encore
plus brillants qu'il ne l'avaient été à Venise.

Son nom fut proclamé, redit, répété à la
cour, à la ville!

On le célébra dans les chansons, dans les
vaudevilles de l'époque. Nul ne songea à lui
disputer le pas, et s'il s'était avisé de faire
jeter en scène quelque ballot mystérieux
avec cette écriture:

« Laissez passer la science du docteur Ga-

briel de Saint-Ange.» — Nous sommes persuadés qu'on eût laissé passer la *science* du
docteur.

Constatons un fait : c'est qu'il n'eut jamais
besoin d'avoir recours à la violence. Les
vaincues payaient rançon de la meilleure
grâce du monde. Leur défaite semblait leur
coûter si peu, qu'elle avait toutes les appa-
rences d'une victoire.

Jamais vainqueur ne fut plus adoré !

Le docteur Gabriel de Saint-Ange se laissa
tranquillement adorer, comme un homme
habitué à de telles bagatelles.

Quand je dis tranquillement, je me
trompe : bien des fois, on chercha à ren-
verser ses autels ; plus d'un mari mécontent
ou soupçonneux voulut élever la voix.

L'épée du docteur répondit à l'épée du mari, le mari eut tort et le docteur eut toujours raison. Les moins sourds commencèrent alors à fermer prudemment l'oreille... Quant aux cœurs de ces dames, ils restèrent toujours ouverts à l'heureux triomphateur.

Le docteur blessait les maris et guérissait leurs femmes. Que pouvait-il faire de mieux?

Il est même des maris que les femmes faillirent lapider comme de misérables sacriléges qui osaient croiser l'épée contre le docteur adoré. Une seule chose les sauva. C'est d'avoir été battus. S'ils avaient été vainqueurs, il est à peu près certain que leur victoire leur fût devenue fatale.

Ce qui prouverait que les battus n'ont pas toujours tort !

Décidément, le voyageur du golfe de Venise devint à Paris un Dieu imposé par les femmes. Dieu, c'est beaucoup dire peut-être ; mais, assurément, elles firent un adorable démon de monsieur Gabriel de Saint-Ange.

Qu'on nous permette ici une remarque.

Dans ce nom de Gabriel, et surtout de Saint-Ange, n'y avait-il point une antithèse? Le diable ne se faisait-il point ange? Belzébuth n'usurpait-il point le nom de Gabriel.

A cette question, nous ne répondrons ni oui, ni non. Le champ des conjectures appartient à tout le monde; et tout le monde peut conjecturer.

CHAPITRE V.

Diable et Mousquetaire.

— Il faut que je le trouve, que je lui parle; autrement. je ne porterai jamais le chapeau de cardinal.

Ces paroles, accentuées d'une manière fort énergique étaient prononcées, — on

le devine bien, — par notre ami et connaissance, le joyeux vicomte de Saint-Pol, neveu de monseigneur le cardinal de Saint-
Pol.

Nous avons quitté, s'il vous en souvient,
notre brave mousquetaire un moment, où,
poussé d'une soif ardente, il a été faire une
visite au buffet de madame la maréchale ;
maintenant que sa soif est un peu calmée,
il éprouve un autre besoin, celui de s'entretenir avec le docteur.

— Ha! le voici, — dit-il en l'apercevant,
— il est seul, l'occasion est rare ; il faut la
saisir.

S'avançant alors sur la pointe du pied, il
vint frapper d'une manière toute cavalière
sur l'épaule du docteur.

Gabriel tourna la tête, et aperçut le mousquetaire :

— Hé ! c'est vous, monsieur le vicomte de St-Pol !

— Il sait que je me nomme St-Pol et que je suis vicomte !

— Pensa ce dernier.

Puis, après un court examen, il lui dit :

— Vous me connaissez donc, monsieur ?

— Si je vous connais ! parbleu ! monsieur de St-Pol, la question est plaisante ! Si je vous connais ! qui donc ne connaît, Paris, à la ville, comme à la cour, monsieur le vicomte de St-Pol, lieutenant aux mousquetaires de sa majesté ?

— Rouges, — ajouta St-Pol; — rouges, veuillez ne pas l'oublier.

— Rassurez-vous, vicomte; ma coutume est de ne rien oublier de ce que je sais, et je sais beaucoup de choses.

— Nous y voilà, — pensa le vicomte, — il sait beaucoup de choses sur le compte de chacun, en général, et sur le mien en particulier.

Le docteur, rendant familiarité pour familiarité, vient frapper St-Pol sur l'épaule, et lui dit :

— A vous seul, monsieur le vicomte, vous occupez plus de place dans ma mémoire que nul homme en France.

— Merci, monsieur, de votre mémoire; mais j'aimerais autant, je préférerais même, que vous eussiez l'obligeance de m'oublier.

— Ingrat ! dit en riant Gabriel.

— Vous dites, monsieur ?

— J'ai dit : ingrat !

— Hé ! ingrat ! oui, je devine votre pensée : je sais bien que la reconnaissance est la vertu des belles âmes ; mais quand on est dans ma position, quand on a en perspective un chapeau rouge, vous devinez, monsieur...

— Monsieur de Saint-Ange, — fit ce dernier en se nommant.

— Vous devinez, monsieur de Saint-Ange, qu'on ne saurait prendre trop de précautions. Si je deviens abbé, et je le deviendrai ; vous concevez que c'est pour passer plus

tard cardinal ; et bien que la robe d'un cardinal soit rouge, elle doit rester blanche.
Rouge au physique, et blanche au moral.

— Savez-vous, monsieur le vicomte, que
vous prêchez déjà fort bien !

— Vous trouvez, monsieur ! Là, franchement, vous le trouvez !

— Franchement je le trouve, — dit en
riant le docteur. — Allons ! je vois que vous
accoucherez un jour...

— Comment ? que j'accoucherai.

— D'excellents sermons, monsieur de
Saint-Pol.

Ce dernier s'inclina. L'éloge le plus déri-
soire nous plaît toujours ; ensuite, il ne faut
pas trouver le vicomte trop ridicule ; il était,
comme l'on dit en Champagne et en Bourgo-

gne, un peu dans les vignes du Seigneur. Il
ne réparait pas le temps perdu ; mais il escomptait les jours à venir ; ces jours où il
devait cesser de boire, après avoir vidé sa
dernière bouteille à la tête de sa compagnie
de mousquetaires rouges.

— Mais, cher docteur, reprit Saint-Pol,
que deviendront ces beaux sermons dont
je dois accoucher un jour, si, grâce à quelque indiscrétion de votre part, on vient à
savoir... Faut-il vous avouer, monsieur, le
qu'on vous donne ?

— Avouez, monsieur le vicomte, avouez,
ne vous gênez pas.

— On vous nomme la Chronique vivante,
répondit Saint-Pol.

— Et je veux tâcher de rester à la hauteur de ma réputation, dit le docteur.

Puis il poursuivit.

— Monsieur de Saint-Pol, voulez-vous que je vous raconte l'histoire de votre nuit dernière.

— De celle-ci?

— Non, de l'autre.

— Voyons, voyons!

Gabriel cita au vicomte, la rue, le numéro, la maison où certain rendez-vous galant avait eu lieu. Il fit plus, il désigna l'heure, la minute; il dépeignit, la maison, la hauteur du balcon; il fit de la dame un portrait si ressemblant, si *intimement* détaillé, que le vicomte ne put s'empêcher de s'écrier :

— C'est vrai! monsieur, c'est très vrai !.. trop vrai !

Puis, réfléchissant à tous ces détails donnés par le docteur.

— Serait-il mon rival? dit-il, lui qui connaît si bien la hauteur du balcon, l'aurait-il franchi. Diable d'homme! va! infernal docteur ! et dire que je suis sous sa dépendance; car enfin, on dépend toujours d'un homme qui peut nous nuire par ses indiscrétions. S'il est aussi bon docteur que bon historien, je ne m'étonne plus que ces dames aient en lui une si aveugle et si douce confiance. Evidemment, il finira par l'apothéose ou le martyre.

— Eh bien ! monsieur le vicomte, à quoi pensez-vous? — dit gaîment Gabriel, — à votre chapeau rouge, je gage.

— Justement, monsieur, vous l'avez dit,
à mon chapeau rouge que vous mettez en si
grand danger.

— En quoi menacé-je l'avenir de votre
chapeau ?

— En tout, monsieur, en tout ; depuis le
fond jusqu'à la *forme*. Comme j'ai déjà eu
l'honneur de vous le dire, vous avez beaucoup trop de mémoire.

— Et moi, vicomte, je vous répète :
Ingrat ! trois fois ingrat !

— Voudrait-il me prendre par les sentiments ? Comme on prend le diable par les
cornes... ou par la queue... Je crois que
c'est par la queue qu'on prend le diable !

— Monsieur le vicomte de Saint-Pol,

poursuivit le docteur, me permettez-vous
une supposition ?

— Une supposition ! vu pour la supposition.

— Si un de vos amis, de vos meilleurs
amis, pour qui vous n'avez point de secrets,
venait vous dire : —notez bien que c'est une
supposition !

— Venait vous dire, — poursuivit le
docteur, — vicomte de Saint-Pol, mon
ami, vous êtes trop modeste en vérité ;
vous êtes un charmant garçon, jeune et
brave, ami de la joie et des plaisirs, enle-
vant courageusement une tranchée, fort
habile dans l'art de faire capituler les cœurs.
Vous avez tous ces mérites-là, sans parler

de tant d'autres que je passe sous silence ;
et quand le ciel vous a doué de tant de rares qualités, vous prétendez qu'on l'oublie,
qu'on n'en soufle mot. Y pensez-vous vicomte? Est-ce juste, est-ce naturel ce que
vous demandez là ?

A ce discours d'un ami, que répondriez-
vous monsieur de Saint-Pol?

—Votre supposition est donc finie? demanda le mousquetaire.

— J'aurais pu la faire beaucoup plus longue... J'ai abrégé.

— Elle est déjà beaucoup trop longue, et
surtout beaucoup trop flatteuse... pour un
futur abbé...

— Mais enfin que répondriez-vous ?

— J'enverrais mon ami à tous les diables :
et je serais presque tenté d'y envoyer aussi
ce maudit docteur — grommela le mousquetaire, moitié irrité, et moitié flatté de la
supposition. En toute autre circonstance, il
eût cordialement remercié monsieur de
Saint-Ange des paroles obligeantes qu'il venait de lui adresser, mais à travers les brouil-
lards qui obscurcissaient un peu son intelligence avinée, il ne voyait qu'une chose :
son futur chapeau rouge qu'il avait pris très
au sérieux.

— Dans ce moment, un laquais en grande
livrée vint parler bas à l'oreille du docteur:

— C'est bien — dit ce dernier — j'y
vais.

Le laquais sortit.

7

— Pardon, monsieur le vicomte, — dit Saint-Ange; — un docteur est un esclave... on m'attend, et j'obéis.

Il fit un profond salut qui n'était pas dépourvu de quelque ironie; puis il sortit, laissant le vicomte de Saint-Pol seul avec ses rêves de grandeurs !

CHAPITRE VI.

Le Diable et son valet.

—Quel singulier garçon, — dit Saint-Pol, en accompagnant du regard Gabriel qui s'éloignait ; — pour se fâcher avec lui, il faut en avoir la ferme volonté. Pour un docteur, il sait parfaitement dorer la pilule.

Saint-Pol faisait ici allusion aux pilules

louangeuses du docteur; car la louange,
sous quelque forme qu'elle se présente à
nous, sait toujours nous séduire, alors
même qu'elle devrait nous conduire dans
l'abîme. Et nous connaissons l'abîme redouté par notre mousquetaire; manquer
son chapeau rouge; car, disons-le, il en
était ce jour-là sérieusement coiffé; et on
lui eût offert de le nommer maréchal, qu'il
eût répondu sans hésiter : — Je veux être
cardinal. Les vins de madame la maréchale
d'Humières lui montraient chaque objet
sous une couleur rouge; et l'on peut dire
que le bourgogne et l'aï déteignaient sur son
fameux chapeau en perspective. Autant
Saint-Pol semblait le craindre à jeun, —
nous parlons du chapeau rouge; — autant

il semblait l'envier n'étant plus à jeun !

O merveilleuse influence du bourgogne et de l'aï !

Au moment où notre mousquetaire laissait son esprit vagabond errer à l'aventure : au moment où mille pensées discordantes se croisaient dans son cerveau, comme un vaste écheveau aux laines de mille couleurs qui viennent de s'embrouiller sans qu'il soit possible de les reconnaître, un valet entra dans le salon d'attente.

C'était le valet du docteur ; un garçon du plus grand mérite, et qui, certes, mérite bien un article à part.

Labriche, — ainsi se nommait notre homme, — avait la plus grande vénération pour son maître ; et semblable à ces satel-

lités, courtisans du dieu du jour, qui tour-
nent autour de lui, comme s'ils voulaient
lui dérober sa chaleur et sa clarté, Labriche
avait tant tourné autour du docteur, son
maître, qu'il était parvenu à l'imiter en quelque sorte. Autant toutefois qu'un vil plagiaire peut imiter un homme de génie assez
riche pour nourrir les intelligences faméli-
ques des bribes de sa puissante et inépuisa-
ble imagination.

Labriche était le plagiaire de son maître;
mais au moins il avouait des plagiats; il
avouait l'arbre auquel il dérobait ses beaux
fruits.

Labriche pouvait avoir trente ans; et nous
doutons qu'il pût se rencontrer un homme
qui s'estimât plus heureux sous la calotte des

cieux; cette calotte qui semble un bouclier jeté entre les foudres divines et les misérables mortels, presque toujours dignes d'être foudroyés.

Labriche portait dans ce moment un vaste portefeuille, et jamais portefeuille de ministre, gros de placets et de pétitions, ne parut plus volumineux.

Le valet portait la correspondance de son maître, et sa correspondance personnelle. Mais Labriche avait aussi ses correspondances, et bientôt nous saurons de quelle nature elles étaient.

Je pensais que monsieur le docteur était ici: où le rencontrer? — dit le valet.

— Il a parlé du docteur! serait-ce son valet? — pensa Saint-Pol.

— En même temps, il fit un pas de son côté. Nous n'osons affirmer que ce pas fût en droite ligne, mais un mousquetaire peut préférer la ligne diagonale, ou plutôt en zig-zag !

— Que portes-tu là ? — demanda Saint-Pol, — et en même temps il voulut toucher le volumineux portefeuille.

— Ne touchez pas à cela, monsieur, — dit Labriche, — regardez, mais n'y touchez pas, — reprit-il de l'accent de ce Grec qui s'écriait phlegmatiquement :

« Frappe, mais écoute ! »

— Oh ! oh ! — fit Saint-Pol, — il paraît que tu tiens fort à ce portefeuille.

— Si j'y tiens !... J'y tiens.

La réponse était laconique, mais pleine

d'expression. La curiosité du mousquetaire s'en accrut encore.

— Respect à la correspondance du docteur Gabriel de Saint-Ange ! — poursuivit Labriche.

— Ha ! tu appartiens au docteur Saint-Ange ?

— J'ai cet honneur.

— Et combien te rapporte cet honneur ?

— Monsieur, — répondit fièrement Labriche, — mes bénéfices sont tels qu'ils sont incalculables. Mes profits sont immenses ; immenses, entendez-vous bien !

— A la bonne heure, pensa Saint-Pol, — voilà, du moins, un homme qui paraît content de son sort ! Il fait exception ; et sans doute, cette exception, est encore l'ouvrage du docteur! docteur prodigieux! va!

Saint-Pol continua.

— Et, peut-on savoir d'où te viennent ces immenses profits?

— D'où?.. Demandez au soleil d'où lui vient sa clarté !

— Que diable! tu n'es pas le soleil, je pense.

— Non, mais j'en suis le satellite, — répondit fièrement le valet du docteur.

Saint-Pol se mit à rire aux éclats. Le maître l'embarrassait; mais le valet l'amusait fort.

— Il paraît que tu es discret, — reprit-il.

— Tout ce qu'il y a de plus discret, mon-

seigneur... Monseigneur ne me demande
pas où j'ai pris cette bienheureuse discré-
tion-là : alors, je vais vous le dire.

— Il paraît, — pensa le vicomte, —
qu'il dit ce qu'on ne lui demande pas, et
cache ce qu'on lui demande.

— Je suis discret, — poursuivit Labriche, — depuis le jour que j'ai appris tout
ce qu'on peut gagner à connaître un secret,
et à savoir le taire.

— Drôle, marcherais-tu sur les brisées de
ton maître?

— Peut-être ! après tout, que dit le proverbe.

— Oui, que dit-il?

— Tel maître, tel valet : et vous le savez,

monseigneur, les proverbes sont la sagesse des nations !

— Tu fais l'érudit, je crois?

— Eh ! monseigneur, quand la science nous étouffe, il faut bien en laisser percer quelque chose !

— Décidément, le valet a presqu'autant d'esprit que son maître ! — pensa le vicomte.

Puis il reprit.

— Tu es donc bien savant?

— Monsieur le vicomte de Saint-Pol, lieutenant aux mousquetaires du roi, veut-il mettre ma science à l'épreuve?

— Comment, drôle, tu me connais?

— Qui n'a l'honneur de connaître un si aimable seigneur que vous! si brave! donnant si gaillardement un bon coup d'épée !

— Tais-toi !

— Donnant par nuit deux ou trois rendez-vous!

— Te tairas-tu ?

— En un mot, si bien venu des dames !

— Mais, misérable ! tu veux donc, toi
aussi, me perdre de réputation?

— Mais au contraire, monseigneur, je
vous en fais une... c'est-à-dire, entendons-
nous bien ; la réputation de monsieur le
vicomte de Saint-Pol, est toute faite... donc
elle n'est plus à faire.

— Oui, mais elle est à défaire.

— Impossible, monseigneur ; ce qui est
fait, est fait, et quand l'œuvre est belle, on
doit mettre de l'orgueil à l'avouer.

— Sans doute, — pensa Saint-Pol agréablement flatté dans sa vanité, — cependant dans ma position, je ne puis..... Je dois....

Labriche changea de conversation.

— Ha ! le bel état, monseigneur, que de savoir se taire!

— Mais enfin, qu'y gagnes-tu ?

— Je gagne, monseigneur, tout ce qu'un mari est susceptible de perdre... Si les maris ne perdaient rien, je serais...

—Quoi donc ?

—Un homme ruiné !

—Je commence à comprendre, — pensa le vicomte, — puis il ajouta :

— Et tu es de l'école ?

— Monseigneur, je suis de l'école de

mon maître, et je n'en connais ni de meilleure, ni de plus lucrative.

Labriche fit un demi-tour sur les talons ; plaça solidement sous son bras gauche son immense et volumineux portefeuille et entra dans l'intérieur des salons, dans l'espoir sans doute, de rencontrer le docteur, son maître.

Quand le vicomte se retourna, il n'aperçut ni valet, ni portefeuille ; ils venaient de disparaître l'un portant l'autre.

Saint-Pol était seul.

— Ho ! monsieur le docteur, — dit-il, en se promenant de long en large , — je commence à comprendre votre système. Ce que vient de m'apprendre ce valet a fait tomber le voile qui me cachait la vérité. J'y vois

clair dans votre système.

Le bon vicomte aurait même pu ajouter,
que dans ce moment il y voyait double.

Saint-Pol continua.

— Système fort ingénieux ma foi ! et qui
mériterait un brevet d'invention. — Je gage
qu'il l'a déjà pris, le brevet, ne serait-ce que
pour empêcher la concurrence. — Ici Saint-
Pol se frappa le front, comme un géomètre
qui a trouvé la solution de son problème.

— C'est cela, s'écria-t-il, — c'est parfaitement cela. Le docteur est tout-puissant,
parce qu'il connaît beaucoup de secrets,
mais ces secrets, d'où lui viennent-ils ? Comment s'en rend-il maître ? Voilà ce que j'i-
gnore.

Le vicomte marchait en gesticulant.

— Une fois, — poursuivit-il, — que les secrets sont en son pouvoir, il les exploite ; il prélève la dîme du silence, et sait-on jusqu'où peut s'étendre cette dîme-là ! Admirable rançon ! Ha ! docteur, infernal docteur ! oui, infernal. Je maintiens l'épithète ; ce n'est pas un homme, c'est le diable, portant lancette, interrogeant le poult, et guérissant la migraine de toutes les jolies femmes.

Et le vicomte de Saint-Pol, mousquetaire de sa majesté, aspirant au chapeau de cardinal, résuma ainsi son opinion sur le compte du docteur.

— Les rentes de monsieur le docteur Gabriel de Saint-Ange sont hypothéquées sur la

8

tête des maris. Il faudra que je demande à
Bellegarde et à de Rieux ce qu'ils pensent
de cette hypothèque-là !

Fatigué de gesticuler et de fouler aux
pieds les tapis soyeux de madame la maréchale, St-Pol venait de s'étendre de tout son
long dans un fauteuil en entrant par la porte
qui conduisait dans la salle de bal, il était
impossible de voir le visage du vicomte.

Le mousquetaire était absorbé dans ses
méditations. Il rêvait à son oncle : à l'enfer
pavé de bonnes intentions et de mousquetaires de toutes couleurs.

Quand l'esprit rêve, l'oreille n'entend pas
Le vicomte ne vit rien, n'entendit rien de
ce qui se passait autour de lui.

Si Saint-Pol avait tourné la tête, il aurait

aperçu placée derrière son fauteuil une femme qui venait d'entrer sans bruit.

Elle était belle encore ; bien qu'elle fût déjà loin de sa première jeunesse ; elle avait un certain âge ; c'est-à-dire un âge fort incertain. Du reste, sa beauté semblait être de celles qui ont pris la ferme résolution de lutter contre les années et de prolonger cette lutte désespérée, aussi longtemps que possible...

La femme est pleine de courage pour cette lutte-là ! La dame s'était avancée ; et d'une voix bien douce, bien timide, elle soupira, plutôt qu'elle ne prononça un seul mot ; ce mot, c'était :

Gabriel !

Gabriel ne répondit pas ; pour l'excellente

raison que les absents ont toujours tort, mais qu'ils ne répondent jamais.

— Gabriel! répéta la dame, de sa voix la plus flutée.

Même silence.

Gabriel était loin; et notre mousquetaire, cause innocente du quiproquo, donnait dans ce moment un libre essor à ses pensées vagabondes. Il se voyait coiffé de son chapeau de cardinal, et comme s'il eût voulu se contempler dans quelque glace absente, il se dressa tout-à-coup, ferme et droit sur ses pieds.

Au lieu d'une glace, il aperçut une femme!

— Ha! grand Dieu! — s'écria celle-ci; — ce n'est pas lui!

Ce disant, elle voulut battre en retraite ; mais la retraite était interceptée par notre entreprenant mousquetaire.

— Ha ! monsieur le vicomte, mille pardons, dit celle-ci : veuillez recevoir mes excuses !

— Vos excuses, madame, du bonheur inespéré qui m'arrive !

— Je me suis trompée, monsieur de Saint-Pol...

— Plaît-il madame ? — fit le vicomte.

— Oui, monseigneur, ce n'est pas vous que je ..

— Ce n'est pas moi qu'elle cherchait — pensa le vicomte, — c'est encore possible ! mais vive Dieu ! un mousquetaire prend son bien où il le trouve !

Ha ! monsieur le futur abbé ? quelle pensée mondaine revient vers vous à bride abattue !

Chassez le naturel, il revient au galop.

Rien de plus vrai, et pour les incrédules nous citerions monsieur le vicomte de Saint-Pol, qui, tout à l'heure, se croyait cardinal, et qui maintenant.....

Mais point de réflexions ! laissons parler le vicomte ; ses paroles vaudront bien mieux que les nôtres.

— Madame la baronne, permettez-moi de rendre grâces à mon heureuse étoile.

— Mais, vicomte, je vous jure que vous ne devez nulles actions de grâces à votre étoile ; heureuse ou malheureuse, elle n'est pour rien dans cette rencontre fortuite.

— Certainement, madame la baronne, mon étoile malheureuse n'y est pour rien; mais mon heureuse étoile y est pour beaucoup.

— Toujours galant! — fit la baronne.

— Et vous toujours belle! d'honneur, vous embellissez, chaque jour! Baronne, je retiens votre main pour la première contredanse.

— Et si je vous refusais! si je vous disais non.

— Alors, baronne, je vous prierais de répéter votre charmante négation : car deux négations valent une affirmation.

— Non, non, — se hâta de dire la baronne.

— Très bien! Je vous remercie; et notre

futur abbé déposa sur la main qu'on lui abandonnait deux baisers des plus solides et des plus bruyants.

Le vicomte de Saint-Pol avait l'habitude de ne faire rien à demi. Ses baisers comme ses coups d'épées avaient son cachet à lui. Toutes ses actions bonnes ou mauvaises avaient le même cachet; et soyez sûre, lectrice, que si M. de Saint-Pol prêche jamais, il s'en acquittera à merveille, et à la grande édification de son pieux auditoire.

— Entendez-vous, baronne, c'est le signal de la danse : on vous attend : venez, venez; tout irait mal sans vous et sans moi.

La baronne et le mousquetaire disparurent : ils allaient danser !

CHAPITRE VII.

Le portefeuille du diable.

Cependant Labriche, le fidèle valet du docteur, a fini par le rencontrer ; et nous allons les retrouver ensemble dans le petit salon d'attente que viennent d'abandonner le vicomte de Saint-Pol et la baronne.

— Regardez, monseigneur, regardez! jamais le portefeuille aux correspondances n'avait reçu une plus riche moisson.

En même temps, Labriche se mit à même de vider le volumineux portefeuille sur une petite table en bois de palissandre, qui bientôt s'en trouva couverte.

— Comment répondre a tout cela, dit Gabriel presque épouvanté d'une telle correspondance ?

Mais bientôt reprenant ce sourire railleur qui lui était habituel, il ajouta :

— C'est bien, on y répondra !!

— Monseigneur veut dire qu'il fera un choix parmi les réponses qu'il jugera indispensables : choisissez, monseigneur, oui, choisissons.

Labriche s'arrêta, craignant, sans doute,
d'en avoir trop dit : bientôt il poursuivit.

— Et dire pourtant que c'est tous les jours
la même chose, que la correspondance de
monseigneur est toujours aussi nombreuse !
des lettres ambrées, musquées, armoiriées,
il nous en pleut de Paris, de la province, de
l'étranger ! ah ! monseigneur ! monseigneur !
vous êtes...

— Achève, Labriche : quelle est ton opinion à mon égard ?

— Mon opinion, monseigneur, mon opinion n'a encore rien de bien arrêté : je flotte
dans l'indécis, dans l'irrésolu. Vous me semblez toujours plus qu'un homme, et bien
souvent, presqu'un dieu... un demi-dieu !

— Demi-dieu ! c'est assez, répondit Gabriel en souriant.

— Assez, monseigneur ! assez ! mais il n'y
a rien de trop pour vous !

Ces paroles de Labriche furent prononcées
avec cet air de conviction profonde qui mérite toujours respect.

— Tenez, monseigneur, il faut que je vous
parle à cœur ouvert.

— Une confession !

— A peu près, monseigneur !

— Bien souvent je me suis dit : comment
fait monseigneur pour...

— Eh bien ! achève...

— Pour recevoir tant de secrets, — car
vous êtes le docteur aux secrets, monsei-

gneur! — Enfin, je me suis dit : mon maître choisit, il fait comme moi.

— Comment drôle! comme toi !

— Il fait ce que je fais.

— Et que fais-tu, mons Labriche?

— Je choisis, monseigneur... J'ai ma correspondance, moi aussi. Je reçois des secrets, moi aussi. Quand on a l'honneur de servir un grand homme : le grand homme déteint toujours un peu sur son valet : pourquoi dit-on qu'il n'est point de grand homme pour son valet de chambre?

— Voyons le pourquoi.

— C'est que son valet lui vole toujours un peu de sa grandeur. Quand je dis — vole, — c'est emprunter qu'il faudrait dire.

— Le mot serait plus convenable !

— Mais peut-être ne serait-il pas plus vrai.

Mais revenons à votre correspondance, monseigneur. Parcourez cela, mon maître : triez, choisissez : le reste vous regarde.

En même temps Labriche acheva de vider le mystérieux portefeuille.

Jamais tant de noms feminins ne s'étaient trouvés réunis dans un si petit espace !

Labriche répétait sa phrase de prédilection : « triez, choisissez, le reste vous regarde ; à l'écriture on devine la femme. »

Labriche avait parfaitement raison ; et l'expérience lui avait appris qu'au seul aperçu d'une lettre feminine, il est facile de deviner si celle qui l'envoie est jeune, jolie, et surtout, si elle a de l'esprit ; et quel genre d'esprit; car il est des esprits de tous les genres, de toutes les espèces. Une guirlande de fleurs richement variées, offre moins de contrastes, moins de nuances depuis la rose aux couleurs pourprées, jusqu'au lis au blanc de neige.

Labriche, disons-nous, s'était convaincu depuis longtemps qu'une lettre de jeune fille ne ressemble en rien à celle de la femme de *trente ans*; immortalisée par M. de Balzac ; — Il est vrai qu'il a immortalisé aussi la femme de *soixante ans*.

A quinze ans, l'écriture monte, descend ; c'est d'un extrême à l'autre ; on dirait que l'amour ne sait quel gîte il doit prendre ; s'il doit élire domicile à la cave, ou bien au grenier : on dirait encore l'oiseau qui voltige de branche en branche , depuis la plus basse jusqu'à la plus élevée, ignorant encore à laquelle il doit confier son nid et ses amours.

Telle est la jeune fille, et voilà pourquoi son écriture monte et descend.

Labriche, ce grand observateur, savait également que le style, c'est la femme.

Qu'il faut se défier , comme du choléra de celle qui fait de longues phrases. Les longues phrases dénotent un cou long, de longs bras et de longues années : années longues par le laps de temps écoulé, et par celui qui doit s'écouler encore.

Que la femme , au contraire, dont la phrase sautille et frétille, doit être svelte, gracieuse, mais aussi d'humeur un peu trop volage.

Labriche devait encore savoir qu'une lettre où les règles de la grammaire sont trop rigoureusement suivies doit paraître suspecte.

La femme la plus spirituelle est celle qui ne se donne pas la peine d'être savante.

L'esprit est comme le génie; à tous les deux il est permis d'être incorrect.

Le grand Condé faisait des fautes d'orthographe; Ninon de l'Enclos en faisait aussi : dans son billet à la Châtre se trouvaient deux petites fautes contre la grammaire et une grosse faute contre la vérité.

Napoléon était de l'Académie, et cependant il ne parlait parfaitement français que sur un champ de bataille.

Résumons-nous.

9

Labriche aimait les fautes d'orthographe comme étant le cachet du génie, quelquefois, — de la beauté, presque toujours.

Gabriel suivit les conseils de son valet; il se mit à trier les lettres nombreuses qui lui étaient adressées, et dans lesquelles on faisait un appel à la science merveilleuse qu'il venait de découvrir.

Chose inouïe! Depuis que la couronne de notre docteur rayonnait de toute sa gloire, jamais on n'avait vu tant de jolies malades. Les mieux portantes se trouvaient subitement atteintes d'un mal inconnu et qu'il eût été assez difficile de pouvoir définir.

Nous qui connaissons ce mal, nous pouvons le nommer.

Il se nommait curiosité.

Oui, curiosité de voir, de consulter cet étrange docteur dont la renommée racontait de si incroyables histoires, qu'on commençait à se demander tout bas à l'oreille.

« Le docteur est-il bien un simple mortel? »

La perplexité sur ce point était grande, et c'était à qui résoudrait le problème, or, pour le résoudre il fallait consulter le docteur, et voilà pourquoi tant de jolies femmes étaient, ou plutôt se prétendaient malades.

La migraine, les vapeurs, les attaques de nerfs étaient alors à la mode; et n'en avait pas qui voulait! On faisait presque des neuvaines pour être malade, comme en faisait auparavant pour se bien porter : c'était une contagion de nouveau genre, il y avait du

Gabriel de Saint-Ange dans l'air, dans les salons, dans les mansardes, dans les palais comme dans les chaumières ; son nom était partout : partout on le recherchait comme un de ces météores qui nous glacent de crainte et que cependant on veut contempler.

Diable et docteur devaient être légalement satisfaits ; car tous les deux faisaient d'admirables affaires. Sur son grand livre Gabriel avait soin d'inscrire le nom de ses clients et clientes ; et plus *tard* il espérait bien avoir à régler avec eux un compte d'un tout autre genre. Tout en exploitant le présent, il escomptait l'avenir. Il faut avouer que monseigneur de Saint-Ange était un fort habile négociant ! Et cependant la joie rayonnait rarement sur son front : son sourire était convulsif, ses caresses étaient brutales ; comme doivent l'être celles d'une panthère mal apprivoisée et qui rugit encore au souvenir de son soleil éthyopien aux reflets dévorants...

Le plus grand châtiment imposé à l'ange des ténèbres, c'est de se souvenir. Notre intention n'est point d'évoquer ici des souvenirs antérieurs à cette histoire. Ceux qui, à ce sujet, voudraient remonter le fleuve du passé, n'ont qu'à ouvrir un certain livre d'un certain auteur assez renommé.

Le livre se nomme le *Paradis perdu.*

L'auteur se nomme *Milton* !

Gabriel de Saint-Ange en venant s'établir parmi nous comme un pauvre voyageur qui ne fait que passer , et qui , cependant veut tirer le meilleur parti de son voyage , avait peut - être mis de côté ses antiques et terribles souvenirs. Mais au fond de son cœur il en portait un , encore trop jeune, trop vivace pour qu'il pût si promptement s'éffacer.

Il se rappelait la jeune fille du golfe de Venise. Son image enchanteresse et toujours puissante le suivait partout,au milieu de ses orgies voluptueuses , il cherchait à s'étourdir. Après avoir vidé la coupe , il la brisait sans pitié comme sans regrets , semblable à ces prodigues débauchés qui sèment leur or dans la mer sans en avoir d'autre souci ; grâce à sa tactique infernale , son pouvoir était devenu celui de ces conquérants invincibles qui partout mettent garnison dans les places conquises. Gabriel avait mis garnison dans tous les cœurs; mais si ses conquêtes avaient été faciles, il les abandonnaient non moins facilement.

A ce jeu les sens s'émoussent; mais le cœur reste toujours le même.

Pour apprendre des nouvelles de celle qu'il aimait, il restait au diable un moyen bien facile : il n'avait qu'à rejeter loin de lui son enveloppe d'emprunt, à redevenir cet archange terrible dont l'œil redoutable embrasse l'univers.

Le diable ne prit point ce parti, et ce fut encore son orgueil qui l'en empêcha. Il avait entrepris de vaincre l'homme à armes égales; il ne voulait pas en avoir le démenti

Il voulut donc conserver jusqu'au bout son modeste rôle de docteur. Seulement à la vue de cette nombreuse correspondance, à la vue de toutes ces lettres éparses sur la table, il lui prit une étrange fantaisie : ce fut de s'en remettre au hasard pour savoir à laquelle de toutes ces lettres il répondrait la première : s'adressant donc à son valet, il lui dit :

— Labriche, as-tu la main heureuse ?

—Mais, monseigneur, je m'en flatte,—répondit le valet qui ne devinait pas trop pourquoi son maître lui faisait cette question.

— C'est ce que nous allons savoir, — poursuivit le docteur. — Tu vois toutes ces lettres ?

— Parfaitement, monseigneur.

— Tu vas les mettre toutes ensemble, tu
les brouilleras autant que tu pourras; ensuite, tu plongeras la main dans le sac.....
et... comprends-tu?

— Oui, monseigneur, je crois comprendre; il s'agit, je crois, d'une espèce de lo-
terie.

— Justement... Tu vas tirer une lettre
du sac, et celle qui sortira aura la préfé-
rence.

—Ha! monseigneur, combien cette lettre-
là fera de jalouses!

— Tu crois?

— J'en suis certain!... et c'est sérieusement que monseigneur me donne de semblables ordres?

—Très sérieusement.

— Il suffit, monseigneur, j'obéis.

Ce disant, Labriche suivit ponctuelle-
ment la consigne qu'il venait de recevoir.
Une fois que toutes les lettres eurent été
bien mélangées, Labriche mit sa main dans
le sac, prit sans hésiter la première lettre
venue, et la présenta aussitôt à son maître.
Gabriel brisa le cachet, et son regard curieux courut chercher la signature.

Cette signature fit sourire le docteur ; ce
signe non équivoque de satisfaction fut re-
marqué du valet.

— Je vois, monseigneur, que je n'ai pas
eu une chance trop mauvaise.

— Vraiment, non, — répondit le docteur ; — cette lettre est celle d'une abbesse ?

— Une abbesse qui a la migraine ! Ha !
monseigneur !... Vraiment, oui, j'ai eu la
main heureuse... Et, de quelle abbesse s'a-
git-il, monseigneur ; n'y a-t-il point d'indiscrétion à vous le demander...

— Il s'agit de l'abbesse de Miremont...

— Miremont ! Miremont ! attendez-donc,
monseigneur, mais j'ai entendu prononcer
ce mot là... L'abbaye de Miremont se trouve
à une dixaine de lieues de Paris. Une abbaye
magnifique, et qui toujours fut gouvernée
par une dame de haut parage.

Après une pause, le valet ajouta :

— Eh bien ! monseigneur, à quelle résolution vous convient-il de vous arrêter ?

— Ma résolution, la voici : nous partons

aujourd'hui même pour l'abbaye de Miremont.

— Comment, monseigneur? sans même
attendre à demain?

— Tu sais bien qu'un docteur ne doit pas
se faire attendre.

C'est juste, monseigneur, si l'exactitude
est la politesse des rois, c'est aussi celle d'un
docteur...Ainsi, nous partons tout de suite?

— A la minute.

A ces mots du docteur, un léger bruit se
fit entendre; on aurait dit un soupir timide,
étouffé, et qui craignait de se faire jour.

Gabriel se retourna pour regarder, mais
il n'aperçut personne :

— N'as-tu rien entendu? — demanda-t-il
à son valet.

— Faites excuse, monseigneur... c'est de
là que le bruit est venu. En même temps,
il désignait du doigt la porte en tapisserie
dont nous avons déjà parlé.

Gabriel s'en approcha, écarta la tapisserie ; mais ses regards cherchèrent vainement
dans l'ombre. Il ne découvrit rien.

Le docteur et son valet avaient fort bien
entendu : ce n'était point un jeu de leur
imagination abusée. D'abord, maître Labriche ne s'abusait point aussi facilement. Il
avait même la prétention, quelque peu en-
tachée de fatuité, de se connaître en soupirs,
mieux que nul homme en France. Nous le
répétons : maître et valet avaient fort bien
entendu ; le soupir en question était bien

une réalité; mais d'où venait-il? voici la question?

Lectrice, vous souvient-il de la jeune fille qu'au commencement de ce livre nous avons déjà entrevue comme une fugitive vision, ses mélancoliques regards attachés sur le docteur Gabriel?

Nous n'en jurons pas, et cependant, nous sommes portés à croire que c'était bien elle que le docteur avait cru entendre?

— Mais enfin, qu'elle était cette jeune fille?

— Rien moins peut-être que l'héroïne de ce roman.

— Comment? La jeune fille à la gondole.

— C'est bien possible.

— Allons! mon ami, en route, dit gaîment le docteur.

— En route, monseigneur.

— Eh! oui, sans doute. As-tu donc oublié que madame l'abbesse de Miremont
nous attend?

— C'est juste, monseigneur.

Labriche remit les lettres dans son immense portefeuille, parfaitement nommé le
portefeuille du diable, en raison des secrets
dangereux qu'il contenait. Puis, plaçant le
tout sous son bras, il quitta l'hôtel d'Humières, sur les pas de son maître, qui déjà semblait avoit oublié la comtesse de Bellegarde
et la marquise de Rieux.

Le diable se rendait au couvent!!

CHAPITRE VIII.

Les adieux d'un mousquetaire.

Trois ou quatre jours après qu'avait eu lieu le bal donné par madame la maréchale d'Humières, le vicomte de Saint-Pol voulut, lui aussi, donner une fête à ses amis et connaissances, et Dieu sait si les amis et

10

connaissances du vicomte composaient une famille nombreuse!

Une grande partie des officiers de la *maison du Roi* furent invités , et pas un ne manqua à l'invitation. Ils n'en eurent vraiment garde : le spectacle devait être trop curieux pour qu'on ne s'y rendît pas en foule.

Il ne s'agissait de rien moins que de voir le vicomte de Saint-Pol, le bon vivant que nous connaissons déjà, faire ses adieux à sa vie mondaine, à son existence de pécheur. Lecteur, vous savez comment le grand Charles-Quint s'y prit dans une occasion à peu près semblable. Il commença par ab-diquer, puis se fit moine, et le moine *vivant* se fit chanter la messe des *morts* sur le dos.

Nous n'en doutons pas, le vicomte de
Saint-Pol était assez érudit pour connaître
son Charles-Quint, et voilà pourquoi il lui
prit fantaisie de l'imiter, de faire *une fin*,
lui aussi.

Faire une fin, pour le brave vicomte, cela
signifiait cesser de boire; or, avant d'en venir là, il voulut boire encore une bonne fois
pour les siècles à venir.

Le lieutenant des mousquetaires rouges
fit des prodiges de valeur bachique. Devant
lui, les bouteilles disparaissaient avec une
telle prestesse qu'on était tenté de se demander ce qu'elles devenaient. — Non pas les
bouteilles, mais leur contenu.

Le vin manqua aux noces de Cana, ce qui
permet de faire deux suppositions : ou que

les provisions étaient insuffisantes ; ou que
les convives n'étaient pas mal altérés ; mais
la soif de ces braves gens-là n'était nullement
comparable à celle du vicomte.

Après tout, n'avait-il pas raison? Il buvait pour l'éternité !

Oui, pour l'éternité, ni plus ni moins.
A dater de ce jour, Saint-Pol ne devait plus
boire. Il ne devait plus jurer, se battre ; et,
pour compléter sa conversion, il ne devait
plus aimer !

Le vicomte allait se faire abbé !

Et aux amis incrédules qui semblaient
douter de ses bonnes résolutions, il montrait la lettre de son oncle le cardinal, que
nous avons mise sous les yeux du lecteur, et
qui commençait ainsi :

« Mon cher neveu,

« L'enfer est pavé de bonnes intentions
et de mousquetaires, etc. »

Cette lettre de l'oncle fut mille fois com-
mentée par le neveu ; elle passa de main en
main ; quand Saint-Pol ne parlait pas de la
lettre, il buvait ; quand il ne buvait pas, il
parlait de la lettre ; il ne sortait pas de là !

Le comte de Bellegarde était à sa droite,
et le marquis de Rieux était à sa gauche.
Tous les deux lui tenaient tête de leur mieux,
et, chose merveilleuse ! pendant tout le temps
que dura cette bombance vraiment panta-
gruelique, le nom du docteur Gabriel de
Saint-Ange ne fut pas prononcé.

Rieux et Bellegarde l'avaient-ils oublié?
Saint-Pol n'en avait-il plus souvenance? Nous

n'oserions l'affimer : contentons-nous de constater un fait, le nom du redoutable docteur ne fut pas prononcé.

Ce silence avait bien sa signification ; il prouvait combien on redoutait ce personnage étrange qui semblait posséder tant de secrets. Si Rieux et Bellegarde le craignaient, Saint-Pol en avait bien une peur autrement grande ! Par ses indescrétions, ne pouvait-il pas lui faire manquer son fameux chapeau ?

— Ainsi, vicomte, — demanda le marquis de Rieux, — votre résolution est bien prise ? bien arrêtée ?

— Parfaitement prise, parfaitement arrêtée ?

— Et dans un mois...

— Oui, messieurs, dans un mois... dans un mois, au plus tard...

— Vous serez...

— Je serai abbé, messieurs.

— Alors, messieurs, buvons à l'abbé de Saint-Pol.

Ce toast fut accepté comme on le pense bien à une joyeuse unanimité, et tous les convives élevant leurs verres, poussèrent cet immense houra :

« A l'abbé de St-Pol ! »

Le vicomte fut tellement ému de la touchante sympathie qu'on venait de lui témoigner, qu'il en avait presque les larmes aux yeux.

Est-ce le vin qu'il avait bu qui causait cet

émoi? Est-ce la pensée du vin qu'il ne boirait plus qui l'attendrissait ainsi?

Question tellement embarrassante qu'elle nous paraît inextricable.

Cependant les heures s'étaient écoulées avec une incroyable rapidité. La nuit consacrée aux adieux de notre mousquetaire touchait à sa fin. Déjà le jour allait paraître.

Avant de se séparer, il fut question de rapporter en triomphe à son hôtel le vicomte de Saint-Pol; mais il vint s'offrir une petite difficulté : avant de porter les autres, il fallait pouvoir se porter soi-même, et les jambes avinées de ces messieurs n'étaient pas bien sûres de pouvoir fonctionner pour leur compte particulier.

On consulta les voix; et après un long ballotage, il fut décidé que Rieux et Bellegarde se chargeraient de reconduire le neveu du cardinal.

Ils remplirent cette honorable mission tant bien que mal. Le vicomte fut placé entre ses deux soutiens, et il put ainsi gagner son logis.

La dernière parole prononcée par le mousquetaire fut celle-ci :

— Dans un mois, je serai abbé !

Puis le vicomte s'endormit du sommeil du juste; sommeil qui dura vingt-quatre heures.

Ses amis, les mousquetaires rouges, ne le voyant pas revenir, pensèrent qu'il avait déjà endossé la soutane !

CHAPITRE IX.

Un mois après.

Un mois s'est écoulé depuis les événements que nous venons de raconter et personne n'a plus entendu parler du docteur Gabriel de Saint-Ange. En vain la chronique bavarde, jalouse, dénigrante a demandé de ses nouvelles. Point de réponse !

Les femmes se désolaient, faisant des vœux pour le retour de leur adoré docteur. Les maris, au contraire, faisaient des vœux pour qu'il ne revînt jamais. Sous le rapport des vœux, on voit par là que l'accord n'était pas des plus parfaits.

On dit qu'il en est toujours ainsi en ménage. Étrange harmonie que celle où les notes sont d'un ton tout opposé, où quand les notes de monsieur montent, celles de madame descendent, et *vice versa !*

Ce qui prouverait que le mariage n'est qu'un long charivari, semblable à ces unions monstrueuses contractées entre un ministre populaire et un monarque absolu !

Pendant quinze jours on ne s'entretint

que de la disparition du docteur mystérieux.
Au bout de la seconde quinzaine on commençait à l'oublier. Les femmes ne redou-
tant plus les indiscrétions de celui qui s'é-
tait rendu maître de leurs secrets les plus
intimes, reprirent courage, et jamais les
maris n'avaient été mieux trompés qu'ils ne
le furent alors.

Ces dames réparaient le temps perdu. Ce
qui voudrait dire qu'une femme perd son
temps quand elle ne trompe pas son mari !

La Régence, cette bonne fille aux allures
de bacchante amoureuse, retrouva tout son
entrain. Le char des plaisirs faciles et des
amours sans façon reprit sa course hale-
tante. L'Hymen ne songeait plus à l'arrêter,
il se contentait de le voir passer de loin,

même, il lui ôtait parfois son chapeau.

La politesse est le partage des maris!

Revenons à notre héros.

Qu'était-il devenu? Madame l'abbesse de Miremont serait-elle toujours malade, ou plutôt serait-elle assez jolie, assez séduisante pour avoir, nouvelle Armide, enchaîné auprès d'elle ce nouveau Renaud?

Pour connaître la vérité, pour déchirer le voile qui la cache à nos regards, allons frapper à la porte du couvent.

A l'extrémité du mur d'enceinte qui protége cette sainte retraite, comme une citadelle prête à faire feu contre l'ennemi, voyez-vous cette maisonnette toute blanche, toute mignonne qui semble se reposer là, abritée par les grandes ombres des murailles de l'abbaye, comme une jeune fille bien élevée se repose docile et rêveuse aux genoux de sa mère! Cette petite maison est une des dépendances du monastère : on dit que c'est là que madame l'abbesse vient parfois respirer la senteur embaumée des fleurs printanières.

On dit que dans ce réduit mystérieux bien des choses se sont passées mais il ne nous est pas permis de les révéler.

On dit..., mais nous n'en finirions pas si nous devions entretenir nos lecteurs de tous ces bruits mensongers, nous aimons à le croire.

C'était par une belle matinée de printemps; les jeunes pousses commençaient à s'élancer du faîte des arbres pleins de sève, comme

autant de flèches aiguës. Les oiseaux chan-
taient, s'occupant de leurs amours, et déjà
cherchant une retraite solitaire pour leur
nid encore à faire.

Tout souriait, tout chantait dans la nature, jusqu'aux murs centenaires de la
vieille abbaye qui semblait vouloir renaître
et rajeunir sous la ceinture de fleurs, fraîche
guirlande couronnant leur vieux front de
granit.

La petite maison blanche et mignonne,
aux volets verts comme une prairie au mois
de mai, donnait sur une forêt dépendante
également de l'abbaye.

Du couvent on pouvait entrer dans la
maisonnette, et de la maisonnette dans le

qoïs. C'était une espèce de pont-frontière séparant deux royaumes !

L'intérieur de cette charmante retraite, — nous parlons de la petite maison, — était d'une coquetterie digne des abbés galants d'autrefois et des abbesses non moins galantes.

Ici une bibliothèque montrait ses rayons chargés de livres, aux reliures pourprées.

Partout des fleurs les plus rares, dans leurs caisses, aux formes carrées.

Sur la cheminée, une pendule Louis XV, une glace de Venise, et des candélâbres dont les branches élégantes ressemblaient au classique rameau d'or.

Des fauteuils recouverts d'étoffes les plus riches, ouvraient en silence leurs bras pa-

11

resseux, à côté d'un sopha qui ne disait mot,
mais n'en pensait pas moins.

Et je vous le demande, à quoi peut penser un sopha? Hélas je crains bien qu'il
n'ait à part lui des pensées plus que
mondaines.

Demandez plutôt au *sopha* de Crébil-
lon !

Quelques instruments de musique com-
plétaient cet ameublement, dont nous n'a-
vons pu donner qu'une idée fort inexacte,

Un rez-de-chaussée et un premier étage
composaient la petite maison. Premier étage
et rez-de-chaussée offraient trois pièces.

Une salle à manger, un salon et un boudoir.

Dans ce moment, une jeune femme en

costume de religieuse novice, se tenait auprès de la fenêtre qui donnait vue sur la forêt. De cette fenêtre pendaient des rideaux soyeux. La jeune fille écartait les rideaux pour regarder.

Sa figure était pâle et maladive. On devinait à la voir qu'une secrète douleur minait lentement cette frêle existence, comme l'arbrisseau qui meurt sur pied, quand un ver rongeur a broyé lentement ses racines.

Ne voyant rien venir, elle vint s'asseoir devant une harpe aux cordes tendues, et ses doigts délicats en tirèrent pendant quelques minutes de mélancoliques sons.

Puis se levant tout-à-coup, elle prêta l'oreille, comme si elle eût entendu un bruit aimé ou redouté.

— C'est lui! c'est lui! — dit-elle,—et par une porte dérobée, cachée dans la tapisserie, elle disparut.

Aussitôt un homme entra.

Cet homme, c'était le docteur Gabriel de St-Ange!

Après avoir promené ses regards autour de lui :

— Personne! — dit-il,—voilà qui est bien extraordinaire!... La musicienne a disparu; mais par où? Je ne connais qu'une porte de sortie, et je n'ai rencontré personne.

Il visita les trois pièces; il ne découvrit point ce qu'il cherchait. Tout-à-coup, il aperçut sur le seuil de la porte maître La-briche, notre valet philosophe qui, instruit sans doute du retour de son maître, ne voulait pas se trouver en retard avec lui.

— Dis-moi, mon ami, est-ce que tu serais devenu musicien par hasard ?

— Musicien ! Je ne pense pas, monseigneur ,—répondit le valet.

— Il paraît que tu n'en es pas bien sûr ?

—Très sûr, monseigneur. Je suis très sûr que je ne suis pas musicien.

—Voilà qui commence à piquer vivement ma curiosité, — pensa le docteur. — Cette harpe serait-elle comme la cloche du couvent? singulière cloche qui sonne toute seule ; justement, au moment où... cette cloche-là m'a vraiment fait tort, et j'aurais droit de lui en vouloir... Sonner, juste au moment où mon entretien avec madame l'abbesse devient le plus intéressant ; c'est intolérable.

Je décrocherai cette cloche, ou bien je lui
ôterai son bourdon. Une cloche sans bourdon c'est comme une femme muette.

Le docteur venait de s'asseoir.

Labriche, s'approchant de son maître,
lui dit :

— Monseigneur, oserais-je vous faire une
question?

— Fais, mon ami, fais : ne te gêne pas.

— Monseigneur est bien bon! Je voulais
simplement lui demander si notre séjour
au couvent doit se prolonger longtemps.

Cette question de maître Labriche parut
équivoque à Gabriel.

Cachait-elle un désir, ou une cruauté?
Labriche aurait-il voulu rester ou partir?

Un moment le docteur le regarda de cet

œil perçant dont il était si difficile de sou-
ténir le curieux examen, puis il lui dit avec
une féinte bonhomie.

— Mon pauvre Labriche, t'ennuierais-tu
donc ici?

— M'ennuyer, monseigneur! ha! que
Dieu et tous les saints du paradis m'en gar-
dent. M'ennuyer! et une pensée pareille, me
serait vénue? Mais monseigneur, le poisson
s'ennuie-t-il dans l'eau?.. L'oiseau dans
l'air?..

— C'est selon, — répondit le docteur.

— Comment? c'est selon.

— Le poisson peut s'ennuyer dans l'eau
quand elle est trouble. L'oiseau peut se dé-
plaire dans le ciel, quand le ciel est chargé
d'orages.

— D'accord, monseigneur : vous avez parfaitement raison, comme dans tout ce que
vous dites, et ce que vous faites; mais à mon
avis, notre ciel n'est point ici chargé d'orages, bien au contraire.....

— Ainsi, tu te plais ici?

— Si je m'y plais, monseigneur! Tenez,
franchement, s'il fallait signer un bail pour
l'éternité, je le signerais tout de suite...

Ce bien-être si complet dans lequel se
trouvait Labriche et qu'il avouait avec une
si grande naïveté, demande quelques expli-
cations que nous donnerons dans le chapitre suivant.

CHAPITRE X.

Le Diable au couvent.

Le docteur Gabriel de Saint-Ange avait passé un mois entier dans la petite maison du couvent. Un mois c'était beaucoup pour notre héros. Joconde ne faisait point des haltes amoureuses aussi longues ; don Juan

était plus volage, et Richelieu bien plus in-
constant. Ici se présente une question fort
naturelle.

Le docteur se plaisait donc au couvent?

Comme ce philosophe qui, pour prouver
le mouvement, se contenta de marcher, il
nous est permis de répondre :

— Notre héros restait au couvent : donc
il s'y plaisait.

Mais cette réponse un peu laconique pourrait avoir l'inconvénient de ne pas satisfaire
complétement le lecteur.

Le docteur se plaisait au couvent : très
bien ; mais pourquoi s'y plaisait-il? voilà ce
qu'on est en droit de nous demander.

Nous allons, historien fidèle, raconter le
pourquoi.

A l'époque où se passe cette histoire, non moins véridique, qu'authentique, madame Louise de Miremont avait ving-cinq ans. Bel âge pour une abbesse ; chacun en conviendra ; surtout, si on avait eu l'avantage de connaître madame l'abbesse de Miremont qui, soit dit en passant, était digne en tout point de l'abbesse du comte Ory.

— Votre abbesse est jolie ; elle est jeune encore ; elle a un grand nom, comment se fait-il qu'elle soit abbesse? pourquoi et comment les portes d'un couvent se sont-elles ouvertes pour elle ?

A cette nouvelle question, nous allons tâcher de répondre.

Madame Louise de Miremont avait l'âme

fière, hautaine ; elle pensait, et non sans quelque raison, qu'un diadème eût été parfaitement placé sur son beau front. Mais comme à vingt ans, elle n'était encore ni duchesse, ni princesse, elle se promit qu'avant d'avoir atteint l'âge de vingt et un ans, elle serait souveraine ; et madame Louise se tint parole. Elle devint souveraine d'un couvent, et croyez-moi, cette royauté en vaut bien une autre ; peut-être, même, vaut-elle mieux qu'une autre !

Avant de prendre les rênes de son nouvel empire, notre jeune souveraine s'était bien vue en but à certains propos. La chronique galante avait bien raconté que le cœur de la superbe Louise n'avait pas été toujours invulnérable : mais quelle est la jolie femme

qui n'est pas toujours un, peu calomniée?
La beauté, la jeunesse, qu'est-ce autre chose
qu'un passeport entre les mains de la mé-
disance? Passeport dont elle ne se fait pas
faute pour voyager partout où bon lui semble.

Cependant, nous direz-vous encore, que
signifie cette phrase du docteur Gabriel de
Saint-Ange :

« Singulière cloche qui se permet de son-
« ner toute seule, juste au moment où
« mon entretien avec madame l'abbesse, de-
« vient le plus intéressant. »

Un entretien intéressant avec une abbesse
de vingt-cinq ans! Hum! hum! c'est bien
équivoque!

Quèl pouvait être cet entretien si intéressant ?

Que disait le mystérieux docteur ?

Que répondait madame l'abbesse ?

Quelle est cette interruption dont se plaint
le docteur ? et mille autres questions qui
pourraient se presser ici, dru comme
grêle !

A toutes ces questions plus ou moins mal-
veillantes, plus ou moins louches, madame
Louise elle-même serait peut-être bien en
peine de répondre, et nous l'avouerons en
toute franchise, nous partageons ici l'embarras de madame l'abbesse.

Quoi qu'il en soit, Gabriel était enchanté
de son séjour à l'abbaye : il est probable que
ce n'était pas sans motif, pour l'excellente

raison qu'il n'existe point d'effets sans cause.

Rien n'est exigeant comme le bonheur : si le docteur s'estimait heureux, c'est qu'on lui avait beaucoup accordé ; c'est qu'au moins on lui permettait de beaucoup espérer ?

En était-il encore aux espérances ? ou bien se reposait-il sur les lauriers d'un fait accompli ?

Madame l'abbesse avait pensé sans doute qu'elle cacherait à ses subordonnées la présence de l'habile docteur dont elle semblait vouloir exploiter la science , exclusivement et à son seul profit ; mais les grandes renommées ne peuvent vivre dans l'incognito. La foudre se trahit par l'éclair; l'ennui, par le sommeil : la présence du docteur devait se trahir, elle aussi ; et deux jours après son arrivée au couvent, on savait déjà sur son compte à peu près tout ce qu'on en savait à Paris.

Les nonnes, jeunes et vieilles ne parlèrent plus que de lui et de ses cures miraculeuses.

Le petit pavillon où Gabriel avait établi ses dieux pénates lui avait-il été accordé sur sa demande, ou bien lui avait-il été offert ? voilà ce que nous n'avons jamais pu savoir au juste : la question reste donc encore à l'état de problème.

Comme nous l'avons déjà dit, la petite maisonnette était entièrement séparée de l'abbaye, à laquelle elle était adossée, comme une ruche qui s'appuie contre le mur qui la protége. Dans l'intérieur du couvent, on devait donc ignorer ce qui se passait là, et cependant, on ne l'ignorait pas. Chaque nonne savait que le beau docteur demeurait seulement à quelques pas de sa cellule.

L'abbaye ne dormait plus, ne buvait plus, ne mangeait plus, elle caquetait.

Tout autre soin fut mis de côté. On compta dans ce mois dix perroquets qui moururent de faim, oubliés par leurs ingrates maîtresses qui songeaient à toute autre chose !

Les dix perroquets défunts ne furent pas

12

même empaillés : n'était-ce pas pousser l'indifférence jusqu'au sacrilége?

Ah! docteur! docteur! de combien de
méfaits vous devîntes la cause!

Bientôt il y eut une conspiration muette,
occulte ; une conspiration individuelle que
personne ne se communiqua, et qui cependant germa dans tous les cœurs à la fois ; semblable à ces fleurs qui semblent s'être donné
le mot pour éclore toutes ensemble dans
une même nuit de printemps. Quelle était
cette conspiration que chaque nonne cachait à la nonne sa voisine? Quel était le but
des conspiratrices?

Chaque nonne jura à part soi qu'elle se—

rait malade uniquement pour avoir le droit d'être guérie par le docteur.

Madame l'abbesse de Miremont permit-elle à ses humbles sujettes d'empiéter ainsi sur ses droits souverains ? poussa-t-elle l'absolutisme de sa royanté jusqu'à la tyrannie ? Madame Louise se permit-elle d'oublier que toutes les femmes sont égales... devant la migraine ? Enfin Gabriel était-il retenu au couvent par madame l'abbesse seulement ? Un docteur ne se doit-il pas à tout le monde ? et supposé que l'abbaye eût des grilles, que chaque cellule eût des verrous ; grilles et verrous ne devaient-ils pas tomber devant le magique pouvoir du docteur Gabriel ? qu'importent grilles et verrous à un homme qui va jusqu'à forcer la porte des cœurs, à s'intro-

duire dans votre pensée, à s'en rendre maître, à lire clair dans votre âme, comme dans
son âme à lui? Je vous le demande; pour
un tel homme, que peuvent grilles et verrous, surtout quand il a des intelligences
dans la place?

Il est donc probable qu'il fut permis à
chaque nonne d'avoir la migraine, et qu'il
fut permis à l'heureux docteur de pouvoir
la guérir.

Que ceci ne vous étonne point, lecteur
incrédule. La science du docteur Gabriel
de Saint-Ange n'allait-elle pas jusqu'à l'infini? De quoi le Diable n'est-il pas capable,
surtout quand il se trouve dans un couvent?

CHAPITRE XI.

La mule de madame l'abbesse.

Nous n'avons pas cru devoir donner une description topographique de l'abbaye où régnait madame Louise de Miremont. Chacun aurait pu la reconnaître; or, comme les faits que nous racontons sont authentiques, nous avons voulu étendre un voile, non sur la vérité, mais sur la scène où ils se sont passés.

Que le lecteur se contente donc de savoir que l'abbaye était située aux abords d'une forêt royale qui souvent servait de rendez-vous de chasse; que l'abbaye avait pour enceinte un grand mur qui l'entourait de toutes parts, et lui servait comme de rempart. Du côté du midi, ce mur finissait justement à l'endroit où commençait le pavillon habité par le docteur.

L'architecte avait pensé, sans doute, que la petite maisonnette blanche servant comme de poste avancé, le mur d'enceinte devenait inutile. Au lieu de la grande muraille, le voyageur ne trouvait donc de ce côté qu'une barrière fort inoffensive.

C'était là le côté faible du couvent; et qu'elle est la ville de guerre qui n'a pas son côté faible ? Le talon d'Achille n'était point une fiction. Toute chose est vulnérable !!

Dans les grandes et ombreuses allées que formaient les vieux arbres de la forêt, on aurait pu rencontrer, depuis un mois, un jeune et beau cavalier se promenant silencieusement et jetant de temps à autre ses yeux perçants du côté des hautes murailles du monastère.

Une mule blanche servait de monture au cavalier. C'était la mule du couvent.

Débora, tel était le nom de l'intéressant animal, bien digne de la haute faveur dont il jouissait à l'abbaye.

D'abord, *Débora* appartenait à madame

l'abbesse, et, à ce titre, elle devait se voir accabler de caresses plus ou moins intéressées ; car, comme dit le proverbe, qui flatte le chien, flatte son maître ; et, faire de douces avances à *Débora*, c'était en faire à madame Louise.

Ceci est encore un chapitre à ajouter au grand livre des ricochets.

Favorite de la reine du couvent, *Débora*, par contre-coup, avait une cour à elle. Cette cour se composait de jeunes nonnes, qui ne manquaient jamais de passer leurs blanches mains sur l'encolure de *Débora*, et de lui adresser de ces paroles flatteuses qui devaient trouver un écho dans le cœur de madame de Miremont.

Voilà quelle était la conduite, un peu po-

litique, des jeunes recluses, à l'égard de
Débora. Quant aux vieilles, elles hochaient
la tête en signe de désapprobation; elles
étaient scandalisées que madame la supérieure songeât encore aux pompes de ce
monde. Une abbesse chevauchant sur une
mule fringante, fi donc!

Le ciel est pour les gens qui marchent à
pied et non pour les amazones. Malheureusement, madame Louise était une in-
trépide amazone!

De là le scandale pour la partie du couvent qui s'éloignant de trente ans, touchait
aux frontières redoutées de la quarantaine.
Quarante ans pour une femme, c'est l'âge
d'une implacable et sourde colère contre
tout ce qui est jeune et amoureux. Elle voit

alors s'éloigner d'elle jeunesse et amours.
C'est un héritage qu'elle laisse à d'autres.
Et, il n'est que trop vrai, on n'aime jamais
son héritier, encore moins son héritière!

Revenons à Débora.

Avec sa fidèle compagne, madame Louise
franchissait haies et fossés ; point d'obstacle,
point de barrière qui pût l'arrêter... C'était
une course au clocher de nouveau genre et
qui n'en avait pas moins son côté piquant.

Par malheur il n'est point de si habile
écuyer qui ne soit désarçonné ; et depuis que
madame Louise gouvernait le couvent , elle
avait déjà fait une demi-douzaine de chutes
sur le vert gazon qui tapissait les allées de la
forêt séculaire...

Aussitôt tombée, aussitôt relevée ! Tout cela était très bien ; un sous-lieutenant de houssards n'agirait pas mieux ! et cependant ces mésaventures multipliées inquiétaient les vieilles nonnes.

Elles ne tremblaient pas précisément pour les jours de la jeune supérieure, oh ! mon Dieu non, leur charité n'allait pas jusque-là ; mais elles pensaient que si madame Louise se permettait des *chutes*, encore aujourd'hui, elle avait bien pu s'en permettre *autrefois* d'un tout autre genre !

Quant aux fraîches novices, elles riaient de tout leur cœur et volontiers elles auraient pris la place de madame Louise, ne fût-ce que pour connaître le plaisir que l'on éprouve à tomber sur le gazon.

Mais hélas ! ce plaisir n'était que pour madame l'abbesse. *Débora* n'obéissait qu'à sa maîtresse. Elle ne souffrait pas qu'une autre la montât. Le cheval d'Alexandre n'agissait pas, dit-on, autrement.

Tous les grands chevaux se ressemblent !! Et la mule du couvent était un grand cheval. La supériorité n'a point de sexe.

La généalogie de Débora était écrite sur un superbe album que madame Louise tenait précieusement enfermé dans un bel étui en maro quin.

Comme il nous a été impossible de lire dans cet album, nous n'avons pu connaître la généalogie de *Débora*. Quoi qu'il en soit, nous pouvons affirmer qu'elle était de très

noble race. A la rigueur, elle aurait pu ga-
loper de front avec les mules des chanoi-
nesses d'Allemagne, qui comptent au moins
trente quartiers. — Nous parlons des mules.

Du reste *Débora* était entrée au couvent
le même jour que madame Louise ; c'était
donc deux anciennes amies.

Vous qui connaissez l'attachement que
l'Arabe porte à son cheval et le cheval à son
Arabe, ne soyez pas étonné de l'amitié qui
unissait la maîtresse à sa monture.

Nous venons de dire que *Débora* ne permettait qu'à madame Louise d'être montée
par elle. Il paraît cependant qu'il y eut une
exception en faveur du beau Gabriel de
Saint-Ange. Le docteur et *Débora* étaient

devenus les meilleurs amis du monde. Comment expliquer cette mystérieuse sympathie ?

On fit à ce sujet mille conjectures.

— Mais, me direz-vous, on connaissait donc les excursions équestres de notre héros?

— Oui, sans doute, on les connaissait. Les actions, les démarches du docteur, on savait tout, excepté sa pensée. Sa pensée, cet abîme sans fond et dans lequel nul regard humain n'aurait pu pénétrer.

Avant l'arrivée de Gabriel au couvent, *Débora* avait une housse qui commençait à se détériorer, en raison, sans doute, des fâcheux accidents qui, déjà, plusieurs fois,

lui étaient arrivés : trois jours après l'arrivée du docteur, *Débora* eut une housse magnifique avec une selle toute neuve.

La housse était brodée et portait deux
chiffres enlacés coquettement l'un dans l'autre comme deux jumeaux d'amours ! ! !

Quels étaient ces chiffres ? Quelle main
les avait brodés ?

Outre sa magnifique housse, *Débora*, avant
de partir pour ses promenades matinales,
avait à son service une rare profusion de petits rubans roses, blancs , verts, de toutes
les couleurs, de toutes les nuances.

Ces rubans étaient mis à la disposition de
maître Labriche qui, suivant son habitude
de choisir, faisait un choix, et le choix une

fois fait, attachait le ruban préféré à la hauteur de la naissance de l'oreille de *Débora*.

C'était là une charmante toilette à laquelle notre mule était loin de se montrer insensible. Débora était mule et par conséquent coquette à l'excès. Aussi, chaque fois qu'elle passait à l'ombre de quelque arbre dont les branches irrévérencieuses auraient pu profaner sa parure nouvelle ; elle baissait la tête avec une rare intelligence comme une reine qui craint de perdre sa couronne dans une forêt périlleuse.

Avouez que *Débora* était une franche coquette ! ! !

Et maintenant nous ferons la même question que nous avons faite pour la housse brodée, à propos des chiffres qu'elle portait.

Nous demanderons maintenant :

— D'où venaient tous ces rubans qui décoraient la tête de *Débora*?

Devinez, lectrice, devinez : il est quelquefois si doux de deviner !

A son retour de la promenade du matin, Gabriel trouvait toujours sa table chargée de fruits choisis et de ces mets délicats dont les nonnes connaissent seules la recette. Jamais *Ververt*, lui-même, n'avait assisté à pareille fête !

Ververt connaissait tout au plus quelques secrets du couvent, et Gabriel les connaissait tous !

Dans le pavillon qui servait d'habitation à l'heureux docteur, des fleurs, comme nous l'avons dit, avaient été placées à profusion. Mais il est un fait dont nous n'avions pas encore fait mention.

Ce fait, le voici :

Deux vases précieux avaient été déposés, on ne sait par qui, sur une console artistement sculptée. Ces deux vases avaient ceci d'étrange, qu'ils étaient d'une taille démesurée. Leur ventre rebondi indiquait une capacité bien plus grande que le tonneau des Danaïdes. Et cependant à eux deux ils ne pouvaient contenir l'offrande parfumée qui, chaque matin, arrivait à l'adresse de Gabriel.

Bouquets de toutes sortes arrivaient à

notre héros, et comme il faut rendre jus-
tice à qui de droit, nous sommes bien
obligé d'avouer qu'il les traitait tous avec
une impartialité digne des plus grands élo-
ges.

Il les mettait tous sur la même ligne.
Je veux dire que leur base printanière allait
s'enfouir dans le cou démesuré des deux
vases gigantesques dont nous venons de faire
mention.

C'est Labriche qui était le grand ordon-
nateur de cette fête des fleurs. Nous pour-
rions dire avec plus de justesse, peut-être,
qu'il en était le grand sacrificateur.

Pauvres fleurs! si charmantes, si vivaces
encore la veille, elles étaient condamnées à

périr le lendemain ! Ne fallait-il pas faire place aux nouvelles venues? Et il en arrivait tous les matins.

Pour les fleurs comme pour les rois il est donc deux soleils? Un soleil qui se lève et l'autre qui se couche! Tout se ressemble dans ce monde!!!

Le lendemain donc, les fleurs de la veille étaient impitoyablement sacrifiées ; Labriche en faisait litière, et quelle litière ! Puis il recommençait à recueillir en faisceau tous ces mille petits bouquets qui devaient en former deux si grands. Fidèle à son immuable système, il lui arrivait quelquefois de faire un choix... à tel bouquet, il prenait une rose, à tel autre, une pensée, au troisième, une violette, au quatrième, une bellede-nuit.—Labriche semblait avoir un faible pour les belles-de-nuit. — De toutes ces fractions Labriche composait un grand tout qu'il déposait dans les deux vases gigantesques.

Je vous le demande, fut-il jamais, une occupation plus digne d'un sybarite?

Et encore, les sybarites achetaient leurs roses, pendant que Gabriel et son valet en avaient pour rien. Ils n'avaient qu'à se baisser pour les ramasser : ces messieurs ne se donnaient pas toujours cette peine!

Nous pouvons dire, sans crainte d'être démentis, que jamais, dans un mois, il ne s'était fait une telle consommation de fleurs. Le jardinier du couvent se plaignait : ses rosiers étaient dépouillés chaque nuit... Ses

plates-bandes étaient saccagées : leurs pro-
duits s'envolaient... où?... il n'en savait
rien.

Les plaintes du jardinier ne furent pas
écoutées !

Enfin, il vint un matin annoncer à madame l'abbesse que son abbaye était menacée
d'un grand malheur.

Madame Louise se prit à regarder le brave
homme, avec ses deux grands yeux noirs,
et se contenta de sourire.

— Ne riez pas, ma mère, — dit le jardinier, — rien n'est plus vrai que ce que j'ai
l'honneur et la douleur de vous annoncer :
Oui, le couvent est menacé d'un grand malheur !

— Et, peut-on savoir, duquel? — demanda madame Louise.

— Avant trois jours, j'espère bien que l'abbaye ne sera pas détruite, comme le fut autrefois la coupable Ninive; mais avant trois jours, le jardin de l'abbaye n'aura plus de fleurs.

— Voilà qui devient étrange — pensa la jolie supérieure, — il faudra que j'en parle à mes sœurs.

Après avoir consolé le désolé jardinier, elle le congédia.

Quand toutes les nonnes furent réunies au réfectoir, madame Louise de Miremont leur fit part des plaintes qui lui étaient parvenues.

— Mes sœurs, — leur dit-elle, — je vous demande grâce pour mon jardin. Mes fleurs sont dévastées; et nous sommes menacées d'une affreuse disette.

Chaque nonne regarda sa voisine, en se disant à part soi :

— Est-ce que je ne serais pas la seule?

Après le repas, tout le couvent ne fut occupé que de cette triste pensée :

Le couvent va se trouver défleuri !

Cette abominable disette qui déjà s'avançait, pire que les plaies d'Egypte, c'était un ennemi qu'il fallait combattre.

Mais comment le combattre?

Le lendemain, chaque nonne avait déjà son plan de campagne arrêté. — Il est inouï combien une tête féminine renferme de dispositions pour l'art de la stratégie. Ce plan était simple, mais fort naturel. Il s'agissait de remplacer les fleurs qui n'étaient plus, par d'autres fleurs à venir.

Alors, chaque sœur se livra avec une ardeur effrénée, à la culture des roses, du muguet, du réséda.

Chaque cellule devint une serre chaude clandestine, où croissaient à l'ombre du mystère, et loin des regards de madame l'abbesse, des fleurs nouvelles, moisson ardemment attendue, espoir de l'avenir.

Quand Napoléon avait perdu ou gagné une grande bataille, il attendait avec moins d'ardeur la nouvelle *pousse* de jeunes lé-

gions encore imberbes ; et qui pour le conquérant insatiable n'était encore qu'à l'état
d'espérances !

Comme pour transformer une cellule en
jardin, il faut les matériaux nécessaires ; et
avant tout, des pots, de la terre, il s'en suivit, qu'un matin, en s'éveillant, le jardinier
du couvent, fut tout étonné de voir que les
pots à fleurs avaient disparu : et qu'en outre,
la terre de son jardin s'en allait.... s'en allait..... mais où ? grand Dieu ! voilà ce qu'il
se demandait avec une curiosité pleine
d'anxiété, mais non moins inutile.

— C'est décidément le diable qui s'en
mêle, — pensa-t-il.

Il fit, trois fois, le signe de la croix, et at-

tendit stoïquement que le diable se fatiguât
de lui voler ses fleurs, et la terre du jardin
avec.

Chaque nonne était parvenue à se procu -
rer, — on ne sait comment — un petit ar-
rosoir. Pendant la nuit, chaque récluse, allait mystérieusement, au clair de la lune,
puiser à l'eau du bassin qui se trouvait dans
le jardin.

Nouvelle douleur pour le jardinier !

Les visites au bassin furent si répétées,
si nombreuses, que le bassin se trouva à
sec.

Cette fois, le jardinier pensa que le diable, n'ayant plus rien à lui voler, avait, par

pur passe temps, avalé, dans une nuit, toute l'eau du bassin.

Pour que le diable fût aussi altéré, il devait venir, en ligne directe, de l'enfer, où, sans doute, il n'avait pas bu depuis longues années.

Le jardinier demanda son congé à madame Louise. Que pouvait-il faire maintenant à l'abbaye?... Ses fleurs n'existaient plus... le jardin s'en allait en lambeaux... Enfin, l'eau manquait au bassin.

Or, que peut un jardinier sans terrain et sans eau ?

Évidemment, son emploi devenait une sinécure.

Madame de Miremont voulut retenir le

brave homme; elle y parvint, mais ce ne fut pas sans peine.

Quel était le véritable auteur de tant de désastres? Pour qui les fleurs du jardin avaient-elles été saccagées?

Pour Gabriel!

Pour qui les pots à fleurs avaient-ils été volés?

Pour Gabriel!

Pour qui les sources qui alimentaient le bassin du couvent, avaient-elles été épuisées?

Encore pour Gabriel!... toujours pour Gabriel!

Et, notez bien, je vous prie, que tant de délits avaient été commis par chaque nonne

a l'insu l'une de l'autre ; toutes songeaient
à notre héros, toutes s'occupaient de lui,
mais aussi toutes espéraient qu'on n'en savait rien !

Evidemment, il y avait quelque chose de
surhumain, de *diabolique*, là-dessous !

Si le docteur, — comme le disait le brave
vicomte de Saint-Pol, — si le docteur pré-
levait la dîme du silence, qu'elle dîme il dut
prélever dans ce mois si fécond en événements de toute nature !

Et maintenant, nous pensons que le lecteur ne sera pas étonné d'apprendre que
notre héros aimait l'abbaye, comme l'é-
tranger aime sa patrie adoptive !

Et quelle patrie adoptive, qu'un couvent où l'on est accueilli, fêté et traité comme un roi !

Le docteur Gabriel de Saint-Ange devait s'estimer cent fois plus heureux que ce monarque justement célèbre, immortalisé par notre grand chansonnier.

Le *Roi* d'*Yvetot* n'avait qu'une *Jeanneton* pour le couronner d'un bonnet de coton ; or, l'humble Jeanneton était-elle comparable à la charmante Louise de Miremont, cette majesté entourée de si gracieuses sujettes ?

Le roi d'Yvetot,

> Sur un âne pas à pas
> Parcourait son royaume.

Cet âne fort honorable sans doute, puisqu'il jouissait de l'insigne prérogative de porter son royal maître, ne pouvait évidemment lutter avec avantage contre la fringante *Débora*.

En vérité, je vous le dis, le docteur devait bénir la main heureuse de son valet, et le hasard providentiel qui l'avait conduit à l'abbaye. Nous sommes portés à croire qu'au fond de son cœur agité de diaboliques pensées, devait surnager quelque peu de reconnaissance, comme le débris d'un bel édifice que vient de dévorer l'incendie!

Malheureusement, nous savons de quelle manière le diable témoigne sa reconnaissance... quand il en a!!

CHAPITRE XII.

Encore le Mousquetaire !!

Le docteur Gabriel de Saint-Ange venait
de se retirer dans le charmant boudoir que
nous connaissons.

Etendu nonchalamment dans son vaste

14

fauteuil de prédilection, il comptait sur ses doigts.

Que comptait le docteur? Sans doute il faisait le calcul de ses gains et de ses pertes. Il paraît qu'après avoir fait la balance de son *avoir*, le diable se trouva satisfait, car on le vit sourire comme sourit le joueur heureux qui vient de ruiner son adversaire. N'ayant ensuite sans doute rien de mieux à faire, le docteur se mit à réfléchir. — C'est d'ordinaire ce qu'on fait dans un fauteuil.

Pendant que l'esprit de Gabriel planait ainsi dans les champs de l'infini, les sons timides de cette harmonie mystérieuse dont nous avons déjà parlé, se firent entendre de nouveau.

Ils respiraient tant de mélancolie, un

aveu si naïf d'une douleur qui semblait vouloir se faire jour, et ne l'osait ; ils étaient à
la fois si doux et si affligés, qu'ils semblaient
plutôt s'adresser à l'âme qu'à l'oreille. Cette
harmonie avait cela d'étrange qu'on eût dit
qu'elle voulait donner un signal, tout en
craignant que le signal ne fût entendu. Elle
ressemblait en ceci, à cette bergère du poète,
qui court se cacher derrière les saules de la
prairie, mais se cache de manière à se voir
découverte par des regards qu'elle cherche
bien plutôt qu'elle ne les évite.

Charmante image d'une coquette de vil-
lage, bien digne de donner des leçons à une
grande coquette de salon !!!

— Encore votre timide musicienne !!

— me dira le lecteur,—quand enfin nous la ferez-vous mieux connaître ? C'est nous laisser trop longtemps dans la nuit du doute. Ou déchirez enfin le voile, ou tout au moins daignez l'écarter de manière à nous laisser entrevoir la vérité. Assez longtemps, trop longtemps peut-être il a fait nuit autour de votre héroïne ! Montrez-la-nous enfin au grand jour. — D'où vient-elle ? où va-t-elle ? et surtout de quoi se plaint-elle ?

Nous répondrons au lecteur qu'il veuille bien ne pas trop s'impatienter, le rideau va bientôt se lever pour la vérité !

Sans doute, Gabriel n'a rien entendu, car nous le retrouvons toujours tranquillement assis dans son fauteuil.

Alors, par désespoir de cause, la jeune

musicienne semble prendre une résolution hardie qui l'étonne, qui l'épouvante, car elle hésite, puis enfin se décide.

— Avant de mourir, dit-elle, il faut que je lui parle.

Et s'armant d'un petit crayon en bois d'ébène, elle trace quelques lignes sur le cahier qu'elle a devant les yeux.

Ces quelques mots, elle les écrit au bas d'une romance qu'elle sait être, sans doute, la romance favorite du docteur.

A peine le crayon rapide vient-il d'achever de tracer la phrase commencée, qu'une longue et joyeuse fanfare se fait entendre dans la forêt qui avoisine le couvent.

La jeune fille prête l'oreille:

— C'est la chasse, dit-elle; et craignant sans doute d'être surprise par quelqu'un, elle disparaît comme elle est entrée; c'est-à-dire par une issue ignorée même du docteur !

La fanfare de chasse continuait à jeter au ciel ses notes criardes et assourdissantes, semblables à la voix de ces charlatans qui, sous prétexte de se faire mieux entendre, vous déchirent sans pitié les oreilles.

Gabriel a bondi sur son fauteuil, comme si ces notes malencontreuses l'avaient réveillé en sursaut.

Dormait-il donc?

Non, il rêvait... ou plutôt, il calculait.

Cependant, les sons du cor braillard arrivaient plus distincts; ils approchaient, signe certain que la chasse approchait aussi.

— C'est singulier, — pensa le docteur, — le cerf aurait-il pris la direction de ce monastère ?

A ces mots, s'approchant de la fenêtre, il en écarta les rideaux, et ses regards purent s'étendre dans l'épaisseur lointaine des bois.

Les notes grandissaient toujours... les cors se rapprochaient...

Evidemment, la chasse n'était plus loin.

— Que vois-je? — dit Gabriel qui regardait toujours : — deux dames et un cavalier! Ils

vont droit à la grande porte de l'abbaye; ils y
frappent... ils frappent encore... la sœur
tourrière se fait attendre... elle n'ouvre
pas... ô sœur tourrière, que faites-vous donc
dans ce moment? Les visiteurs s'impatien-
tent! Les voilà qui viennent de ce côté...
ne pouvant entrer par la grande porte, ils
veulent entrer par la petite... il paraît qu'ils
connaissent les localités...

Gabriel restait toujours à son poste d'observation. Tout-à-coup, il jette un cri de
surprise.

Dans ces deux dames accompagnées d'un
fringant cavalier, le docteur vient de reconnaître la marquise de Rieux, la comtesse de Bellegarde et le vicomte de Saint-
Pol.

Voilà donc, cette fois, notre cher vicomte retrouvé ! Cette fois, sans doute, il est abbé!

Abbé ! lui... non pas encore; mais il est, soyez en sûr, toujours dans d'excellentes dispositions ! Les affaires de son salut l'occupent plus que nulle autre. S'il n'est pas encore un grand saint, il prend tout le chemin de la canonisation.

Peut-être le vicomte, pour en arriver là, choisit-il les chemins les plus longs; mais il ne faut pas oublier cette sage maxime inventée par un ultramontain :

« Tout chemin mène à Rome! »

Cependant, le tout est d'y arriver.

Dans ce moment, les deux dames entraient dans le pavillon, suivies du vicomte.

— Vont-ils me forcer jusque dans cette retraite? pensa le docteur. On ne leur a pas ouvert la grande porte, j'ai fort envie de ne pas leur ouvrir celle-ci.

A peine Gabriel avait-il achevé ces mots, que la porte d'entrée du pavillon s'ouvrit comme par enchantement.

Saint-Pol en avait une double clé.

— Si c'est ainsi, pensa le docteur, il ne me reste qu'un parti à prendre pour n'être pas découvert, c'est de me mettre sous verrou.

C'est ce que fit le docteur.

Retranché dans le boudoir, il put entendre tout ce qui se disait dans la chambre voisine, et voici ce qu'il entendit.

Comme toujours, c'est le vicomte de Saint-Pol qui avait la parole.

—Mesdames,—disait le mousquetaire,— nous sommes bien obligés de lui conserver ce titre, — Mesdames, je vous demande mille excuses pour ma cousine, l'abbesse de Miremont. Nous laisser sonner inutilement à la porte de sa principauté... C'est mal... c'est très mal... ce n'est pas hospitalier!

—On ne nous aura pas entendus, fit observer la marquise.

— Allons donc! le cœur n'a-t-il pas une seconde vue? Ne doit-il pas deviner l'approche des personnes qui... qui nous sont chères? Ha! ma cousine! ma cousine!

— Ha! madame de Miremont est votre cousine, monsieur de Saint-Pol, dit la comtesse en regardant le mousquetaire d'un air de doute et d'incrédulité.

— Oui, comtesse ; madame Louise de Miremont est ma cousine.

— Et à quelle mode ? demanda malicieusement la marquise.

— A la mode de Bretagne... tout ce qu'il y a de plus Bretagne.

Puis il ajouta tout bas :

— A si bonne enseigne, que je lui ai fait cadeau d'une superbe mule blanche... Cette chère *Débora* ; j'allais dire {cette chère Louise. J'aurai le plus grand plaisir à la revoir !

Ha ! madame de Miremont ! que venons nous d'apprendre ici ? Comment, *Débora*, votre amie, votre favorite, est un cadeau du vicomte de Saint-Pol, votre prétendu cousin à la mode de Bretagne ? et vous avez accepté un pareil cadeau, d'un pareil cousin ? Madame l'abbesse, avez-vous tout dit à votre confesseur ?

— Et votre cousine l'abbesse, sait-elle que très prochainement vous devez vous faire abbé ? demanda la marquise.

— Elle l'ignore, madame la marquise, elle l'ignore encore ; mais c'est aujourd'hui même que je prétends l'en instruire.

— Ha ! c'est aujourd'hui ?

— Pas plus tard, belle comtesse.

— Mais depuis un mois vous répétez,
dit-on...

— La même chanson , voulez-vous dire ;
d'abord, c'est pour mieux la retenir; première excellente raison ; les deuxième, troisième et quatrième raisons, les voici :

— Vous verrez que le vicomte va trouver
dix raisons pour une.

— De cette manière, il n'aura que l'embarras du choix.

— Mesdames, poursuivit le vicomte, avec
ce sang-froid imperturbable qui ne l'abandonnait jamais , on prétend que je tarde à
faire mes adieux *définitifs* à ma compagnie.

Ce reproche est injuste, parfaitement injuste, et voici comment je le prouve.

Tous les matins je commence mes adieux; mais le soir arrivé, ils ne sont pas encore achevés.

— En sorte qu'il faut les recommencer le lendemain, dit la marquise.

— Justement, marquise.

— C'est sans doute la faute des jours qui ne sont pas assez longs.

— Justement, comtesse,

— Et pour que les jours soient plus longs, vous attendez à *Paques*?

— Oh nullement !

— Mais, ma toute belle, les jours sont encore plus longs à la *Trinité*, fit observer la comtesse.

— Ensuite, mesdames; c'est, peut-être,

bien un peu ma faute à moi ; si les jours sont trop courts ; c'est que, sans doute, je ne me lève pas assez de bonne heure.

Et cependant, le vicomte avait l'excellente habitude de se lever de bonne heure et de se coucher tard... Souvent même, il lui arrivait de ne pas se coucher du tout ; sous prétexte, probablement, que quand les jours sont trop courts, il faut les doubler.

— Pour en revenir à ma cousine de Miremont, — poursuivit le vicomte, — je suis furieux contre elle... Heureusement que j'avais la clé de ce pavillon, sans cela...

— Comment ? ce pavillon vous appartient donc ?

— Un petit pied-à-terre, mesdames, que

ma cousine a bien voulu laisser à ma disposition.

— Mais, c'est charmant, vicomte, que d'avoir, au milieu des bois, une cousine aussi prévoyante !

— Mesdames, — répondit Saint-Pol, — une abbesse est toujours prévoyante et... charitable.

— Et cette charité est d'autant plus charmante qu'elle s'exerce à votre égard.

— Comtesse, vous ne parlez pas de la reconnaissance que peut en avoir monsieur de Saint-Pol, — dit en riant, madame de Rieux.

— Je n'en parlais pas, mais j'y pensais, — dit bien bas la comtesse de Bellegarde.

— Mesdames, prenez donc un siége, —

dit Saint-Pol, en faisant les honneurs de *son* pavillon.

La marquise et la comtesse prirent un siége : le vicomte continua.

— Que pensez-vous de monseigneur le régent qui s'avise de chasser avec un temps pareil?

— Mais il fait un temps magnifique.

— Je voulais dire : qui s'avise de chasser à une époque pareille, à la veille où je dois me faire abbé. Vous comprenez, mesdames, que c'était me préparer une occasion dangereuse; car enfin, je ne pouvais faire autrement que d'accompagner la Cour... et la Cour, ha! belles dames, c'est une vue bien périlleuse.

En même temps, le vicomte jeta un de ses regards les plus assassins à la marquise de Rieux ; il est vrai, que ce regard fut presque partagé avec la belle comtesse.

Brave vicomte ! il en était réduit à partager ses œillades : position dangereuse ! L'amour est exigeant, il n'admet point de partage... devant témoins.

— Mais ce pavillon est charmant, — dit la marquise, en l'examinant avec plus d'attention.

— Heu ! heu ! il n'est pas mal, — fit le vicomte, avec un air de dédain parfaitement simulé !

— Mais en qualité de *voisin*, vous devez connaître le couvent comme s'il vous appartenait.

— En effet, j'en ai acquis une légère connaissance, — dit le vicomte, puis il ajouta tout bas.

— Parbleu si je le connais ! comme la poche de mon pourpoint, quand elle est bien garnie ! oui, certes, je le connais ! je connais surtout son mur ! diable de mur, va ! ce n'est pas précisément qu'il soit d'une hauteur inaccessible... Mais à son faîte, il est garni de guirlandes fort aiguës de verres cassés... Jamais je n'ai pu deviner pourquoi la vertu du couvent se met sous la sauvegarde d'un rempart, sans doute, très fragile, mais qui n'en est pas moins désagréable ! Diable de verres ! que de fois, je m'y suiscoupé les doigts !

En même temps, le mousquetaire ota son

gant, et se mit à examiner sa main... Sans doute, que de nobles cicatrices étaient là, témoignant des services du vicomte.

Pendant ce temps-là, la comtesse et la marquise examinaient de plus près l'intérieur du pavillon.

Madame de Rieux s'était approchée d'un piano dont aujourd'hui ne voudraient pas nos petites maîtresses; mais qui, à cette époque, pouvait passer pour une merveille.

La marquise voulut essayer son talent de musicienne.

— N'en faites rien, — dit vivement Saint-Pol ! Ce piano ne vaut plus rien! il est complétement usé.

— Peut-être, — dit malicieusement la
marquise. — Peut-être qu'on aura fait ici
de la *musique à deux*, et rien ne gâte un instrument comme ce genre de musique.

Ce disant, les doigts effilés de la marquise
coururent sur les touches d'ivoire. Le piano
rendit parfaitement les six premières notes ;
mais quand la marquise lui demanda la
septième, il resta muet.

Le piano de madame Louise avait perdu
une note. Au lieu de sept, il n'en avait que
six!!!

— Le piano n'a plus que six notes, —
pensa la marquise. — Je voudrais bien savoir si la vertu de madame l'abbesse marche
encore sur ses sept notes, ou si elle a perdu
la septième.

Pour une marquise, la question nous paraît passablement hasardée.

Cependant une chose chagrinait fort notre futur abbé; il était là, dans ce pavillon, qui lui rappelait de bien doux souvenirs; mais c'est un tête-à-tête qu'il aurait voulu. Or, on n'a pas encore inventé le tête-à-tête à *trois*.

— Belles dames, — finit-il par dire, — je crains bien que Rieux et Bellegarde ne soient inquiets... J'irais bien les prévenir que nous sommes là... mais je souffre horriblement...

— Vous souffrez, vicomte?

— Oui; d'une entorse.

— Comment, monsieur St-Pol, vous avez une entorse ?

— Oui, marquise, une entorse dont la douleur s'était d'abord calmée...endormie.. mais la voilà qui se réveille!.C'est un réveil fort désagréable pour moi !

Le mousquetaire qui venait d'hériter d'une magnifique entorse, se mit à boiter le mieux du monde, comme si, toute sa vie, il n'eût fait que cela.

— Mais vous ne nous aviez pas parlé de cet accident, — dit la marquise.

— Tout à l'heure, vous marchiez fort gaillardement,—dit la comtesse.

— Eh ! justement, belles dames. C'est justement cette gaillardise que j'expie maintenant... La douleur revient... le calme s'en va ! et l'homme boiteux....

— Et l'homme boiteux reste, —acheva la marquise.

En même temps, Saint-Pol se laissa tomber pesamment dans un fauteuil.

Le fauteuil rendit un bruit plaintif. Evidemment il n'était point habitué à des manières aussi cavalières.

— Ces dames se regardaient, ne sachant trop s'il s'agissait d'une comédie ou de toute autre chose.

—Je vous plains, monsieur de Saint-Pol, — dit la marquise.

— Et moi aussi, vicomte, — dit madame de Bellegarde.

— Vous êtes trop bonnes, mesdames !...
N'importe ! malgré mon entorse, je vais...

Le vicomte se leva, et, tout en boitant, il
fit quelques pas du côté de la porte, sous
prétexte d'aller à la recherche de Rieux et
de Bellegarde.

— Non, non, — dit la comtesse plus cré-
dule ou plus charitable que son amie. —
Restez, vicomte, je vais prévenir nos gens
pour qu'on aille rassurer ces messieurs sur
notre compte, et pour qu'ils sachent bien
que nous ne courons aucun danger.

Puis elle ajouta en riant :

— Quoique notre cavalier soit boiteux.

Et, sans attendre une réponse ou une ob-

servation de la marquise ou du vicomte,
elle quitta le pavillon.

La comtesse avait-elle deviné le mousquetaire ? dans cette entorse qui n'était qu'un
mensonge boiteux, avait-elle lu le désir que
pouvait avoir le vicomte de se trouver seul
avec madame de Rieux ?

Voilà ce que nous ignorons complète-
ment.

A deux pas de là, il était quelqu'un qui
aurait pu nous l'apprendre.

C'était le docteur Gabriel de Saint-Ange
que nous avons laissé se barricadant,
comme s'il devait soutenir un assaut.

A peine la comtesse fut-elle partie, que le

vicomte enchanté de sa ruse s'en félicitait
intérieurement.

— O bienheureuse entorse ! — dit-il ! —
Combien je te remercie ! Oui, je te remercie, d'autant plus véritablement, que tu
n'existes pas... Me voici seul... l'occasion
est belle... Commençons l'attaque, mais vivement, et comme un général qui, pris entre *deux feux*, n'a pas de temps à perdre s'il
veut triompher !!

CHAPITRE XIII.

Un abbé qui se donne l'absolution.

Le vicomte de Saint-Pol, faisant un dernier effort pour maîtriser les cuisantes douleurs que lui cause sa fameuse entorse,
s'est approché du fauteuil dans lequel repose la marquise ; arrivé à ce point impor-

tant, le mousquetaire pensa, sans doute, que le meilleur début, dans cette occasion, c'était de préluder par un soupir.

Saint-Pol se mit à soupirer !

— Vous souffrez donc bien? — lui demanda la marquise, en tournant vers lui un regard moitié railleur, moitié attendri...

Au lieu de répondre, le mousquetaire soupira de nouveau; mais cette fois, beaucoup plus fort que les autres.

Il faisait des progrès !!

—Est-ce au pied ou bien à la jambe? demanda la marquise.

—Plus haut, madame la marquise, beaucoup plus haut.

Madame de Rieux venait de comprendre que le vicomte la priait de vouloir bien parler plus haut, et qu'il n'avait pas bien entendu ; elle répéta donc sa question :

— Est-ce au pied ou bien à la jambe?

St-Pol répéta sans s'émouvoir :

— Plus haut... beaucoup plus haut !

En même temps il mit sa main sur son cœur, en faisant signe que c'était là le véritable siége de la douleur.

La marquise partit d'un long éclat de rire !

— Mauvais début ! — pensa Saint-Pol.— Femme qui rit est loin de se laisser attendrir ; c'est tout le contraire des juges ordinaires qui vous donnent, dit-on, gain de cause quand vous parvenez à dérider leur front soucieux ! Avec une femme qui rit, votre cause est encore loin d'être gagnée.

— Comment? dit la marquise, — votre entorse était là ?

— Hélas ! madame, oui !! Tout à l'heure la blessure était au talon...

— Comme Achille?

— Absolument.

— Et maintenant?

— Et maintenant, elle est là... Je vous voyais, madame la marquise, et le mal a fait des progrès effrayants... Ha ! ha ! ha !

— Comment, vicomte? c'est moi qui suis cause de votre entorse?

— Eh bien! oui, madame, vous m'avez donné une entorse d'une nature excessivement dangereuse... une entorse au cœur!

Après un pareil aveu, le vicomte ne pouvait plus boiter !

..... Il devait nécessairement retrouver l'usage de ses deux jambes.

C'est ce qu'il jugea à propos de faire... et comme Sixte-Quint, rejetant loin de lui ses deux fausses béquilles, qui l'avaient si bien aidé à soutenir ses ambiteuses espérances, M. de Saint-Pol se redressa de toute la hauteur de sa taille, qui était des plus avantageuses.

La gaîté de la marquise allait toujours

croissant ; ce qui semblait désespérer le vicomte.

— Allons ! allons ! dit-il, c'est partie perdue... Femme qui rit... J'aurai mal engagé
le combat... mon invention aura paru ridicule... une entorse ! J'aurais dû mieux
choisir.

— Vous serez donc toujours le même,
monsieur le vicomte? lui dit la marquise.

— Vous voulez dire que je ne change
pas !.... Mais vous, madame? avez-vous
changé? N'êtes-vous pas aussi toujours la
même ! toujours belle ! toujours charmante !
toujours...

— Assez vicomte, assez.

— Du tout : je n'ai pas encore bien commencé.

Et il continua.

— N'êtes-vous pas toujours?...

— De grâce, monseigneur.

— Vous ne voulez pas que je continue? soit, je me tairai, mais je n'en penserai pas moins.

Le vicomte, un peu désappointé, fit une pirouette sur ses talons.

— Partie perdue ! partie perdue ! répéta-t-il, voilà un combat qui ne me fera pas honneur... à la veille de prendre ma retraite!.,. Il faut cependant que je gagne encore une bataille.

Le vicomte en était là de ses réflexions
mentales, quand la marquise lui dit :

— Ah! ça, monsieur le futur abbé, vous
ne craignez donc plus les indiscrétions...

— Quelles indiscrétions?

— Mais celles qu'aurait pu commettre à
votre égard le docteur...

— Le docteur! le docteur! Ha! vous voulez parler de monsieur de Saint-Ange !!
Pauvre homme! Je n'aurais jamais pensé
être si bien prophète à son égard.

— Que voulez-vous dire? demanda madame de Rieux, dont une légère pâleur vint
décolorer les joues fraîches et roses... Vous
ne répondez pas, monsieur! Serait-il arrivé
quelque accident à M. de Saint-Ange?

— Un accident ! si ce n'était qu'un accident! mais , ma foi, il s'agit bien d'autre
chose vraiment ! Je vous ai dit que j'avais
été prophète à l'égard de ce pauvre docteur,
et voici comment:

J'avais annoncé qu'au train dont il y
allait, il devait infailliblement arriver à l'a-
pothéose ou bien au martyre. C'est cette
dernière prophétie qui s'est accomplie, à
mon grand regret; car enfin, il ne faut dé-
sirer la mort de personne, pas même celle
de nos plus grands ennemis.

— De martyre... vous parlez de martyre...
Qu'est-il donc arrivé?...

— A ce pauvre docteur, que longtemps
j'avais regardé comme étant le diable en

personne. Il lui est arrivé, madame la marquise, ce qui arrive tous les jours à un simple mortel... il est mort d'un bon coup d'é-
pée... quand je dis un bon coup, c'est un
mauvais que je devrais dire.

Alors, sur la figure de la belle marquise
vint se réfléchir une de ces pensées indéci-
ses et qu'un écrivain moraliste et observateur aurait grand peine à pouvoir définir ;
une de ces pensées douteuses, ambiguës,
reflets à double entente, d'une âme qui
cherche à s'entourer des plis de son man-
teau diaphane. Nous voulons dire que sur
la figure de madame de Rieux, il y avait de
la douleur, mais une douleur mitigée. La
marquise souffrait, ainsi le voulait sa douce
pitié de femme; mais en même temps, il

semblait qu'une main mystérieuse venait d'écarter un poids pénible qui lui pesait sur la conscience.

N'est-ce pas là l'histoire de ces héritiers très sensibles, sans doute, à la mort de leur bienfaiteur, mais à qui, pour consolation, il reste le bienfait du défunt?

— Mais, me direz-vous, la marquise de Rieux n'héritait pas du docteur Gabriel de Saint-Ange.

C'est ce qui vous trompe, lecteur, la marquise héritait du silence du docteur.

Et le silence est quelquefois un très bel héritage.

Les morts ne parlent pas!!

Tel était le fond de la pensée de ma-

dame de Rieux. Mais, nous le répétons, il
s'y mêlait une douleur réelle.

Ce qui prouverait, après tout, qu'entre
complices, il ne peut exister une amitié bien
franche.

La complicité vit de craintes, et l'amitié
en meurt!!

— Le docteur est mort, bien mort, dit
le mousquetaire. C'est triste, mais le fait
n'en est pas moins accompli... n'en parlons
plus.

Après quelques moments de silence, il se
remit à soupirer.

Puis, comme s'il se rappelait tout-à-coup
une vérité oubliée.

— Mon Dieu ! dit-il, madame la marquise, que vous avez de beaux yeux !

— Ha ! monsieur le futur abbé, pouvez-vous bien vous permettre de pareilles remarques ? répondit madame de Rieux, à qui ses fraîches couleurs étaient revenues.

Quoi ! Gabriel était-il donc déjà oublié ?

Pourquoi pas ? tous les absents, même les docteurs, ont eu toujours un tort immense.. celui d'être absents.

— Madame la marquise, répondit le vicomte, il est vrai, je me permets encore aujourd'hui ces remarques, pour l'excellente raison que demain, elles ne me seront plus

permises... Oui, je répète que vos yeux
sont...

— Silence ! mauvais chrétien !

Ce disant, madame de Rieux mit sa jolie
main sur la bouche du vicomte, qui s'en
empara lestement, et y déposa deux ou trois
baisers fort bien appliqués.

— Ha ! vicomte ! que faites-vous ? si votre
oncle le cardinal vous voyait.

— Mon oncle, madame, est trop loin...
il est à Rome, et le saint homme n'y peut
voir de si loin !

— Tenez, vicomte, faut-il vous le dire ?
mais là... franchement.

— Dites franchement, marquise !

— Eh bien! je tremble sérieusement pour votre salut!

— Ha! marquise! vous n'y pensez pas! moi, je suis très certain de le faire!

— Sûr, répondit madame de Rieux d'un air d'incrédulité qui la rendait encore plus jolie!

— Parfaitement sûr, madame! D'abord, la clémence du ciel est grande; ensuite, afin que le ciel me pardonne, je commencerai par me pardonner moi-même; et certes, c'est ici l'occasion de répéter :

Que les proverbes sont la sagesse des nations et...

— Et des abbés comme vous, dit en riant la marquise.

— Oui marquise, quand je serai abbé, je
me donnerai l'absolution moi-même ; de
cette manière je suis certain de la recevoir.

Que pensez-vous de cet expédient ?

— Je dis... je répète que vous êtes un
mauvais chrétien !

— «Marquise, l'amour était païen, en
vous voyant, qui ne voudrait un peu l'ê-
tre?

Ici, l'incorrigible mousquetaire fit entendre trois profonds soupirs qui se succédè-
rent par degrés; en sorte que le premier
était plus bas que le second ; et le troisième,
de beaucoup plus élevé que les deux autres.

C'est ce que le mousquetaire appelait monter la gamme du sentiment. Il prétendait même que cette échelle sentimentale était infaillible.

La marquise venait de quitter son siége.

— Comment, dit Saint-Pol, vous partez déjà?

— Vos soupirs m'épouvantent, vicomte.

— Eh! bien! marquise, pour vous rassurer, faites que je ne soupire plus.

La réponse du vicomte nous paraît assez logique.

Par malheur, il en fut pour ses frais de logique et de soupirs.

— Restez, de grâce, madame! il me vient
une idée... Si nous faisions de la musique à
deux.

— Vous savez, vicomte, que rien ne gâte
un piano comme de la musique à deux.....
Et puis ce piano n'a plus que six notes;
pourriez-vous me dire ce qu'est devenue la
septième?

— Eh! marquise! que fait une note de
plus ou de moins? Les peintres les plus fameux de l'antiquité n'employaient, dit-on,
que trois couleurs; leurs tableaux n'en
étaient pas moins des chefs-d'œuvre... Par
la même analogie, je suis persuadé que l'on
peut obtenir un très beau *duo* avec six notes
seulement; je suis même persuadé que deux

suffiraiént. Je sais bien encore, marquise,
— pardonnez-moi mon érudition ; mais depuis que je dois me faire abbé , j'étudie
beaucoup. — Je sais bien encore que les an-
ciens et même les Dieux, aimaient le nombre trois ; quant à moi, j'idolâtre le nombre
deux !! A mon avis, c'est l'emblème de l'accord le plus parfait ; plus les choses sont
réduites, plus elles approchent de la perfection.

— Vicomte, je vous prends par vos pro-
pres paroles ; réduisez vos prétentions , et
elles approcheront beaucoup plus de la
perfection.

— Après tout, marquise, si vous tenez
absolument aux sept notes, il est possible

qu'en cherchant bien on retrouve la septième.

Saint-Pol s'approcha de l'instrument ;
plusieurs fois il monta et descendit la
gamme; la note rebelle faisait toujours défaut.

Quand le neveu du cardinal, perdant tout
espoir de retrouver la note absente, se retourna du côte de la marquise ; celle-ci avait
quitté le pavillon.

Oubliant alors qu'il venait d'avoir une
entorse terrible qui l'empêchait de marcher, il se mit à courir après la belle fugitive, en s'écriant :

— Manquer une occasion si belle! mor-
bleu! non. Je ne la manquerai pas !

Et il sortit du pavillon avec un tel empressement, qu'il oublia d'emporter son
chapeau !!

CHAPITRE XIV.

Douce vision !!

La porte du boudoir, où le docteur s'était prudemment retranché pour éviter les regards de Saint-Pol, vient de se rouvrir sans bruit. Un homme paraît : c'est Gabriel.

Plus que jamais son sourire railleur semble stéréotypé sur son visage ; il sourit dans cette solitude qui, de toutes parts, l'environne comme un triomphateur à la foule qui veut s'atteler à son char.

— Hé ! hé ! hé ! — dit-il ; — on prétend que je suis mort ! Parbleu, la nouvelle est plaisante, et la croyance de ces messieurs plus plaisante encore. Voit-on beaucoup mourir de docteurs de mon genre...de mon mérite...de ma science ! Mourir ! oh ! non ! la science ferait en moi une trop grande perte... Moi, mourir !

Et le docteur se reprit à rire tout seul, comme si cette idée de la mort lui eût paru être une chose des plus joyeuses !

Quand la gaîté de monsieur le docteur Gabriel de Saint-Ange se fut un peu calmée, il s'approcha du piano, et les prévisions de la jeune fille s'accomplirent alors. Les quelques lignes qu'elle avait écrites au crayon, frappèrent les regards du docteur.

« Ne partez pas avant que je vous ai parlé... j'ai une grâce à vous demander. »

Ces deux lignes étaient sans signature. Quelle main les avait tracées? quelle pensée les avait dictées?

Gabriel connaissait parfaitement l'écriture de madame de Miremont; ce n'était pas la sienne!

Il connaissait non moins bien celle de la

marquise de Rieux, de la comtesse de Bellegarde : — ce n'était point la leur.

Gabriel connaissait des milliers de petites
pattes de mouches, qui depuis la première
lettre jusqu'à la vingt-quatrième, avaient la
prétention d'imiter plus ou moins fidèle-
ment l'alphabet épistolaire.

Ces milliers de petites pattes de mouche
avaient été tracées dans la solitude d'une,
discrète cellule.

Gabriel avait un échantillon des plus
complets des écritures du couvent. Aucune
ne ressemblait à celle qui était là sous ses
yeux !!

Comment ? me direz-vous : votre docteur
est un être surnaturel ; il sait lire dans les

cœurs, et ne peut deviner les écritures !
Voilà qui est étrange ! Votre diable n'est pas
aussi diable qu'il en a l'air !!

À ceci nous répondrons :

Le docteur Gabriel de Saint-Ange a bien
voulu prendre notre enveloppe mortelle ; il
s'est fait homme pour vivre parmi nous,
pour connaître nos faiblesses, et en tirer le
parti qu'il jugera convenable. L'homme le
plus savant ignore bien des choses, pourquoi le docteur n'aurait-il pas consenti à
partager *momentanément* cette ignorance?

Savoir tout, est-ce donc un si grand bonheur ?

Nous ne sommes nullement de cet avis,
et nous sommes persuadés que l'*imprévu* a
bien ses charmes. N'est-ce pas là le véri-

table assaisonnement de l'existence? Quand les anges et les démons descendent parmi nous, soyez certain qu'ils ignorent comment ils y seront reçus!

Ceci posé; nous allons continuer notre récit :

— Qui donc peut m'écrire ? — dit Gabriel, après avoir longtemps examiné l'écriture qui restait toujours un mystère pour lui.

— Moi, monseigneur !

Gabriel tourna brusquement la tête. Une femme était là près de lui, et malgré le voile qui descendait sur son visage, il était facile de deviner que c'était la même que deux fois déjà nous avons vue s'asseoir au piano de madame l'abbesse !

— Vous, mademoiselle?—dit Gabriel ,—
ha ! pardon ! c'est peut-être , madame, que
j'aurais dû dire ?

— Non, non, monseigneur, vous ne vous
êtes point trompé... le docteur Gabriel de
Saint-Ange peut-il se tromper jamais ?

Gabriel se mit à l'examiner lentement et
par détail. On eût dit un amateur de jardins
qui vient de découvrir une fleur rare qui
s'était tenue cachée au milieu de ses sœurs.
La fleur est à peine éclose ; mais il en devine
déjà le parfum et les riches couleurs.

Il est probable que Gabriel devinait, lui
aussi, beaucoup de trésors à venir, s'ils n'é-
taient déjà venus, car il prolongeait à plaisir son examen.

— Cette tournure gracieuse, — pensa-t-il ; — cette voix presque enfantine! elle doit être bien jeune !

— Monseigneur, — reprit la jeune fille, — vous avez lu ce que j'ai écrit là sur ce cahier de musique.

— Oui, mademoiselle, je l'ai lu ! Vous parlez d'une grâce à me demander ; serais-je donc assez heureux pour vous être utile en quoi que ce soit ?

—Le pouvoir ! ho ! ce n'est pas ce qui vous manque, monseigneur !

—Vous croyez donc mon pouvoir bien grand?

— Plus grand que celui d'un roi, monseigneur. Un roi se contente de régner sur ses
sujets ; et vous, monseigneur, vous connaissez les secrets des vôtres...

— De mes sujets ? mademoiselle ! Mais
veuillez me l'apprendre : où donc est ma
cour ?

— Partout où voulez... et dans ce moment...

— Achevez !

— Dans ce moment, votre cour est dans
ce couvent !!

En prononçant ces dernières paroles, la
voix de la jeune fille tremblait. Et il est probable que sous le lin de son voile on eût vu
son visage rougir.

— Cette cour est trop modeste, mademoiselle, pour qu'on puisse me l'envier, —
répondit Gabriel.

—Et cependant, monseigneur, votre cour
vous plaît.

— Qu'en savez-vous, mademoiselle?

— Vous y restez.

— Il est parfois des rois qui sont enchaî-
nés à leur trône.

Oui, par de bien douces chaînes, — répondit la jeune fille ; — et en même temps
elle montrait du doigt cette grande réunion
de fleurs dont nous avons parlé. La jeune
fille savait-elle donc quelles mains avaient
cueilli ces fleurs pour les envoyer à Gabriel?

— J'y reste, — pensa Gabriel. — De la

manière dont elle dit cela, on croirait qu'elle est jalouse de mon séjour à l'abbaye !

— Monseigneur, — poursuivit la jeune fille,—vous lisez dans tous les cœurs ; pourriez-vous me dire si cette lecture est toujours amusante ?

— Toujours ?... c'est selon, mademoiselle... Par habitude et par goût, je ne lis que de l'histoire moderne, — dit gaîment Gabriel.

—Et quand c'est de l'histoire *ancienne*, monseigneur ?

— Oh! alors, je tourne le feuillet.

— Sans lire ?

— Sans lire...

Comme on le voit, la conversation prenait une tournure assez leste pour une jeune
novice ; mais les extrêmes se touchent ; la
naïveté et l'impudeur se donnent la main.

— Ainsi, vous choisissez vos lectures ?
poursuivit la novice.

— Autant que je le puis, mademoiselle;
n'ai-je donc pas raison ?

On ne répondit pas à cette question qui ,
selon toute apparence', n'entrait pas com-
plètement dans les vues de la jeune fille.

Cependant , les minutes s'écoulaient, et
de cette prétendue grâce que l'on venait sol-
liciter, on n'avait pas encore soufflé mot, la
jeune fille tournait autour de la vérité sans
oser l'affronter.

Quand notre cœur louvoie, la langue est muette, ou plutôt, elle parle beaucoup sans rien dire.

Enfin, la jeune fille parut s'armer de courage, car elle reprit :

— Je sais, monseigneur, combien vos moments sont précieux ; chaque minute qui s'écoule dans cet entretien, vous pouvez la regretter, comme on regrette une chose perdue...

—Mademoiselle, pourquoi, je vous prie, une pareille pensée ; je vous écoute avec le plus grand plaisir ; ailleurs, j'ai pu quelquefois perdre mon temps, mais ici, je le crois parfaitement employé.

Ces paroles, Gabriel les prononça avec une

exquise urbanité, qui, trahissait son grand
seigneur cultivant l'art de guérir en amateur.

— Votre réponse, monseigneur, ne m'é-
tonne nullement. Je sais combien vous êtes
bon et généreux...

— Oh ! de grâce ! ne me supposez pas plus
de qualités que je n'en possède réellement ;
après avoir trop additionné, vous seriez
obligée de retrancher. C'est le résultat obligé
de tout calcul qui n'est pas exact ;

— Je vous ai parlé, monseigneur, poursuivit la tremblante novice, d'une grâce
que...

— Que vous comptiez me demander, mademoiselle ; et, puis-je savoir quelle est cette
grâce

— Cette grâce, c'était de pouvoir vous entretenir!...

Gabriel s'inclina, comme un ministre qui recevant un placet d'une charmante solliciteuse, promet par un gracieux sourire d'avoir égard à sa requête.

— Je vous écoute, mademoiselle, ajouta le docteur.

— Monseigneur, je viens vous rappeler un événement dont le souvenir est sans doute, dans ce moment, bien loin de vous.

— J'aurai bonne mémoire, mademoiselle, surtout si cet événement peut avoir quelque rapport avec vous.

— Le plus grand rapport, monseigneur.

Et ces paroles furent prononcées d'une

18

voix si basse, si voilée, si timide, que Gabriel dut les entendre à peine.

— Vous souvient-il, monseigneur, qu'une
nuit, un homme se présenta à votre hôtel,
—il peut y avoir huit mois de cela.— Cet
homme vous prévint qu'une malade faisait
un appel à votre science sans limites... Oui,
sans limites, monseigneur, vous le savez
bien !

Gabriel semblait se recueillir ; il cherchait
à se rappeler le fait dont on lui parlait,
mais il était tellement familier aux événements de ce genre, qu'il lui fut impossible de mettre son esprit sur la voie.

La novice continua :

— Vous consentîtes à suivre ce messager,
mais, avant de sortir, il ajouta :

« Monsieur le docteur, à votre visite on a
« mis une condition, et la voici : vous per-
« mettrez que je place sur vos yeux ce ban-
« deau qui a été préparé tout exprès. La ma-
« lade veut qu'on ignore son nom et même
« sa demeure ; ces conditions vous convien-
« nent-elles. »

— Vous acceptâtes, monseigneur, poursuivit la novice ; le bandeau fut placé sur
vos yeux, le messager vous donna le bras,
un carrosse vous attendait à la porte de
votre hôtel ; ce carrosse vous conduisit à la
demeure de la malade.

Ici, la jeune fille fit une pause, comme si
elle eût craint d'en dire davantage.

— Continuez, mademoiselle, dit Gabriel.

La voix poursuivit.

— Vous fûtes introduit dans l'appartement de la malade; elle était masquée, et,
pour vous recevoir, elle avait fait éloigner
toutes ses femmes ! Dans cette entrevue, elle
ne voulait pas avoir d'autre témoin que sa
conscience et Dieu.

Le docteur fit un mouvement, comme
si ce mot. Dieu lui eût causé un effroi invo-
lontaire.

— Quand la malade fut seule avec le docteur Gabriel de Saint-Ange, vous souvient-
il, monseigneur, de ce qui se passa entre
elle et vous ? Vous l'avez oublié, vous avez
dû l'oublier.

— Eh bien ! mademoiselle veuillez me
le rappeler.

— Vous étiez en présence d'une malheureuse jeune fille qui souffrait d'une maladie
de langueur : mais elle ressentait en même
temps, un mal plus cruel. C'était un secret!! Vous promîtes de guérir la maladie,
mais à condition que le secret vous serait
connu.

Vous tîntes votre parole, monseigneur, la
malade ne mourut pas, mais son secret vous
resta !

— Eh bien! mademoiselle, répondit le
docteur, craindriez-vous donc une indiscrétion de ma part?

— Comment être indiscret, quand on a
tout oublié?

Ces paroles si naïves, mais empreintes en même temps d'une douloureuse amertume, furent prononcées avec une tristesse si profonde, que le docteur se sentit ému, la première fois sans doute, depuis bien longtemps.

Gabriel répondit :

— Eh ! qui vous dit, mademoiselle, que ce secret a été oublié?

— Oh ! qu'importe un secret dont on ne se rappelle plus qu'avec indifférence.

— Eh ! quoi? mademoiselle, est-ce donc un reproche que vous prétendez me faire?

— Pardonnez-moi, monseigneur : je suis injuste. Vous faire des reproches, en ai-je donc le droit?

Gabriel sentait sa curiosité vivement pi-
quée ; chaque parole de la jeune novice était
comme un aiguillon qui le talonnait.

— Il est possible, mademoiselle, —
que j'aie pu oublier, mais en vous voyant,
je suis certain de me rappeler. En levant les
yeux au ciel, les anges exilés, se rappellent,
dit-on, leur bonheur d'autrefois ; en vous
voyant, il me semble qu'il en serait de même
pour moi ! Je me souviendrais du moins ; et
le souvenir est quelquefois si doux.

— Rappelez-vous donc, — répondit la
jeune fille, — en même temps, elle écarta
le voile qui descendait sur son visage.

Gabriel reconnut la jeune fille du golfe
de Venise, celle que nous avons rencontrée
déjà tant de fois ; d'abord au bal de madame

la maréchale d'Humières ; et puis dans le
petit pavillon, assise devant le piano de madame l'abbesse de Miremont.

Le docteur eut comme un éblouissement;
son cœur battait à briser sa poitrine. La
seule femme qu'il aimât d'un amour sans
partage, était là devant lui! Celle qu'il avait
cherchée pendant de longs mois, il la re-
trouvait enfin! Cette femme, il avait été
mandé à son lit de souffrance, et il ne l'a-
vait pas reconnue; la voix du cœur, ne serait-elle donc qu'une voix menteuse? Une
de ces croyances qui n'en méritent aucune?

Il faut avouer que la situation était des
plus dramatiques. L'amour reprenait ses
droits. Il se vengeait de n'avoir été qu'un

agréable passe-temps pour l'irrésistible docteur, Gabriel de Saint-Ange !

Gabriel qui, tant de fois, avait consenti,
— sauf bénéfices de science, — à cacher les
blessures d'autrui, ne pouvait se cacher la
sienne !

Il se rappelait confusément, cette nuit
mystérieuse, où ce messager discret vint le
chercher à son hôtel; il se rappelait ce riche et luxueux appartement, où seule, sur
son lit de douleur, l'attendait une jeune malade : il avait reçu un secret, c'est vrai; mais
ce secret, quel était-il? Dans le nombre, il
avait oublié celui-ci, comme ces riches la-
pidaires qui égarent un diamant sans même
s'en apercevoir. Disons le mot, le bon ange
de la jeune fille s'était, sans doute, interposé

entre elle et le diable. Le ciel avait protégé
la jeune fille, et le diable avait été vaincu !

Le docteur avait donc laissé échapper le
secret que lui avait confié la jeune malade.
C'était, sans doute, un secret d'amour : elle
aimait donc quelqu'un ? Il avait donc un rival ? Un rival heureux , un rival préféré ! il
en avait reçu la confidence !

Il faut avouer que la confidence ne devait
rien avoir de fort agréable pour la vanité de
notre héros !

Ainsi, au milieu de tous ces secrets dont
il s'était rendu maître, il en était un qui
devait tourner contre lui ! L'arme terrible
qu'il avait exploitée jusqu'alors avec tant
de succès le blessait à son tour. La lance

d'Achille guérissait les blessures qu'elle avait faites.

La lance d'Achille a blessé le diable, consentira-t-elle à le guérir?

Cependant Gabriel venait de sortir de l'espèce de torpeur irrésistible dans laquelle l'avait plongé la présence de mademoiselle de Jouvencel. Il marchait à grand pas, et sur son visage, sardonique d'habitude, on lisait maintenant tous les indices accusateurs d'un combat intérieur. Est-ce l'orgueil ou la jalousie qui luttait dans son âme? Se trouvait-il en proie à ces deux sentiments réunis? Dans son cœur durent surgir alors de ces fougueuses colères dont l'expression a quelque chose de sublime et de surhumain. Sans doute, que dans ce moment le docteur était effrayant à .voir, car mademoiselle de Jouvencel eut peur... elle voulait lui parler et ne l'osait... elle avait mille choses à lui dire, et sa langue rebelle se refusait à tout aveu.

— Ma présence l'importune, — pensa la pauvre enfant, — ha! j'ai eu tort de lui écrire... j'en mourrai de douleur... Eh! mon Dieu! mes jours ne lui appartiennent-ils pas? Pour prix du secret que je lui ai confié ne m'avait-il pas rendu la santé?.. Oh! maintenant, qu'il reprenne ses bienfaits, je n'en ai plus besoin... Je n'ai plus besoin que de cesser de souffrir... et les morts, dit-on, ne souffrent plus. La mort, c'est la grande douleur qui tue toutes les autres!!

L'agitation du diable ne s'était point encore calmée. Son œil ardent semblait lancer
des éclairs.

— Éloignons-nous,—dit la jeune novice,
— adieu! adieu! Car le reverrai-je jamais ?

Nous avons déjà dit que le pavillon occupé
par Gabriel était adossé aux murs du couvent; en sorte qu'il eût été facile, au moyen
d'une ouverture, de communiquer avec
l'intérieur. Cette ouverture existait à l'insu
du docteur qui jamais n'en avait eu connaissance.

C'est par cette issue secrète, qui ne devait pas être ignorée de madame Louise de

Miremont, que la jeune novice vient de disparaître.

Quand Gabriel voulut tourner ses regards
de son côté, elle n'était plus là.

— Partie ! partie ! oh ! tant mieux, — dit-
il, — sa présence irritait mon orgueil !... et
j'ai de l'orgueil, moi ! de l'orgueil, de l'orgueil ! Oh ! il y a bien longtemps que j'en ai
reçu le châtiment pour la première fois ; et
ce châtiment se renouvelle aujourd'hui !...
Je n'aimais qu'une femme ! Eh bien ! son
cœur appartient sans doute à un autre ; ce
secret qu'elle m'a confié, je l'ai oublié, autrement, je connaîtrais, du moins, mon rival.

Puis il poursuivit :

— Le docteur Gabriel de Saint-Ange, manquer de mémoire ! ah ! ah ! le fait est presque incroyable... Après tout, des secrets, j'en recevais tant !.. tant... raison de plus pour en garder une note des plus exactes ! Oh ! désormais, j'y songerai : vos secrets, mesdames, seront tous écrits, et, au besoin, je les retrouverai.

Un sourire étrange fit s'épanouir la lèvre pleine d'ironie du docteur, et découvrit deux rangées de dents d'une blancheur presque éblouissante.

— Allons, — poursuivit-il, — allons, docteur Gabriel, arme-toi de courage ! tu viens de faire une école; tu n'en seras désormais que meilleur maître !

Après une longue tempête, qui, pendant un jour entier a battu les flots; une minute, une seconde suffit pour ramener le calme que les matelots croyaient encore bien éloigné : les vents sont changés... et les vagues déchaînées rentrent, comme par enchantement, dans leur lit profond.

Ce qui arrive pour les flots irrités, arriva pour la colère du docteur. Tout à l'heure si fougueuse, si terrible, maintenant, il n'en reste plus rien. Le calme a reparu sur son front!!! Reste à savoir si le calme apparent n'était pas cent fois plus terrible que sa colère apparente!

Mais, me direz-vous, un homme qui se résigne si facilement à la perte de ses rêves d'amour; n'aimait point réellement.

A ceci nous n'avons qu'une réponse à
faire :

« Le diable peut-il être franchement
amoureux ? »

L'orgueil, voilà ses premières amours ;
avec son orgueil nul autre sentiment ne saurait marcher de front.

— Général maladroit, — pensa Gabriel,
J'ai été battu sur ce champ de bataille ! Eh
b ien !changeons de terrain !

Il s'approcha de la cheminée; sa main
saisit le cordon d'une sonnette qui bientôt
rendit un son argentin.

— A cet appel, Labriche parut comme
s'il eût été là prêt à recevoir les ordres de
son maître.

19

— Me voici aux ordres de monseigneur,
— dit le valet, — que désire monseigneur ?

— Partir, — répondit Gabriel.

— Vous dites, monseigneur ! — répliqua
le valet qui croyait avoir mal entendu.

— J'ai dit : partir.

— Nous quittons cette abbaye ?

— Aujourd'hui même.

— Cependant, il me semble, il n'y a
qu'une heure, ce n'était pas l'avis de monseigneur.

— Monseigneur a changé d'avis.

— Très bien, monseigneur... monseigneur a toujours raison ; donc il ne peut
avoir tort... ainsi donc il faut faire nos
malles ?

— A l'instant.

— Où allons-nous , monseigneur ?... à Paris, sans doute ?

— A mon château, — dit Gabriel.

Labriche fit un bond de joie, au nom seul du château de son maître.

— Ah ! maître Labriche , il paraît que dans ce château vous avez laissé de bien doux souvenirs !

— Monseigneur ! — dit le valet en parlant avec une merveilleuse volubilité ,—je cours faire nos malles !... Ah ! nous retournons à votre château ! eh bien ! tant mieux !.... j'en suis ravi , enchanté..... j'en suis enthousiasmé !.. Enfin, monseigneur, cette nouvelle me fait passer par tous les degrés de la joie... de tout temps, monseigneur, j'ai eu un faible , un très grand faible pour votre château!

Il ajouta tout bas :

— Un château orné , décoré... toujours fraîchement décoré par la main des dames! et puis quelle situation charmante !.. sur les bords de la Seine ! En sorte qu'au château de monseigneur les secrets arrivent par toutes les voies possibles, par terre, et par eau.... c'est commode ; en outre, c'est bien plus lucratif.

Ce mot dans la bouche de Labriche, nous prouve clairement qu'il n'oubliait jamais ses petits intérêts ; ses petites rentes d'amour, comme il les appelait : or, comme beaucoup de petites rentes réunies font de gros revenus, il s'ensuit que Labriche était dans une merveilleuse prospérité qui dut l'étonner d'abord, mais à laquelle il sut bientôt s'accoutumer. Il ne s'agissait pour lui que de savoir se mettre à la hauteur de sa fortune !

Monsieur Labriche, vous êtes un cœur souverainement ingrat! Ce matin encore, vous étiez tout disposé à signer un bail éternel avec l'abbaye, et maintenant vous semblez la quitter avec joie.

O ingratitude de l'homme, vous serez donc toujours la même !

Pendant que Labriche songeait à l'avenir plus ou moins brillant qui semblait lui sourire et lui frayer une route toute semée de

secrets plus ou moins roses , Gabriel , prenait de son côté, une grande résolution.

— Labriche? — fit le docteur.

— Monseigneur ?

— Écoute-moi.

— Je suis tout oreilles.

— A qu'elle date sommes nous aujour-
d'hui ?

— Le quinze, monseigneur... le quinze...
Il y a un mois juste que nous sommes au
couvent.

— Un mois... c'est bien... A dater d'aujourd'ui, quinze, tu sauras, mons Labriche,
que ton maître compte mener une joyeuse
vie.

— Mais il me semble , —pensa le valet ,
— que depuis longtemps cette joyeuse vie a
commencé pour mon maître. Il paraît qu'il
espère encore mieux... Quel homme !

Puis il ajouta :

— Au fait , monseigneur a raison : c'est
comme moi !.. Moi aussi, je veux mener
désormais joyeuse vie !

Gabriel, se répétant lui-même , comme
un homme qui vient de se raffermir dans sa
propre résolution :

— Oui, mon ami, — dit-il, — je veux
mener joyeuse vie.

— C'est cela, monseigneur, des secrets
comme s'il en pleuvait, et il en pleuvra,
soyez-en sûr !

Puis il ajouta·tout bas :

— Nous partons ; c'est très bien ; mais que va penser madame l'abbesse ? Pauvre abbesse ! combien elle va regretter mon maître ! Elle ne sera pas la seule, j'en suis sûr... et *Débora*, la belle mule, que va-t-elle devenir ! O combien notre départ va causer de douleurs!! Un véritable abîme de douleurs. Dieu seul sait comment on pourra combler cet abîme !

Labriche a raison. Que va dire madame de Miremont du brusque départ de notre héros ? Et vous, mes sœurs, demain à l'aurore, au moment de matines, comme vos cœurs vont gémir en apprenant cette fatale nouvelle !!

Il est parti !!

Parti... mot affreux!!

Innocentes ouailles, si vous saviez que le loup dévorant s'est glissé à votre insu dans la bergerie ; votre douleur serait peut-être moins grande. Nous disons, peut-être, et ce n'est pas sans raison.

Il est des loups qui savent se faire regretter, bien qu'ils soient loups dans toute l'acception du mot et de la chose!!

CHAPITRE XV.

Diable et Abbé.

Labriche s'occupe des préparatifs du départ; Gabriel, de son côté, songe à mettre
en ordre ses correspondances sans fin ! Ingrat docteur ! à peine s'il accorde un regard
aux fleurs nouvellement cueillies, et qui sont

là comme de charmantes solliciteuses qui,
dans un langage muet et non moins élo-
quent, semblent lui crier :

— Restez, monseigneur!! où donc seriez-
vous mieux que dans une abbaye?

Le docteur est sourd à ce langage par-
fumé des fleurs, et cependant ce sont les
dernières; Gabriel s'éloigne au moment
où il n'en est plus à cueillir dans les jardins
de l'abbaye !!

Il daigne cependant accorder un souvenir
à celle qui lui avait accordé une si touchante
hospitalité.

Il oublie les sujettes, mais il se rappelle
la reine!

Gabriel s'est assis devant la petite table

qui lui sert de secrétaire, et sur laquelle est placé un tapis richement brodé.

Il écrit à madame de Miremont.

Pendant que la plume court et crie sur le vélin, laissant après elle des lignes noires, une voix se fait entendre :

— Les maris sont retrouvés... c'est fâcheux ! et moi qui dans mon empressement avait oublié mon chapeau !

Est-il besoin de dire au lecteur que cette voix appartenait au vicomte de Saint-Pol ?

Nu-tête et le front ruisselant de sueur, le mousquetaire vient de rentrer dans le pavillon. Il vient chercher son chapeau ; car si monseigneur le régent lui demandait ce qu'il en a fait, il ne pourrait lui répondre : « Monseigneur, le vent l'a emporté. » Ce jour-là, il ne faisait pas le moindre vent.

Dans ce moment, Gabriel cachetait sa lettre d'adieu à madame l'abbesse. Le vicomte de Saint-Pol, en l'apercevant, ne put retenir un cri de surprise ! Le docteur qu'on disait mort d'un coup d'épée, était parfaitement vivant !

Le vicomte s'avança vers lui pour s'assurer, sans doute, qu'il n'avait point affaire à un revenant.

Et avant de poursuivre ce récit, nous avons besoin de prévenir le lecteur que Gabriel, depuis son entrevue avec mademoi-

selle de Jouvencel, avait complétement oublié l'arrivée du mousquetaire, en compagnie de la marquise de Rieux et de la comtesse de Bellegarde. De l'entretien du vicomte avec la marquise, il n'en avait gardé
aucun souvenir. La présence de la jeune
novice semblait lui avoir ôté jusqu'à la fa-
culté de se rappeler !

Le vicomte et ses deux compagnes, étaient
pour lui, d'un intérêt, sans doute beaucoup
trop secondaire, pour qu'ils trouvassent une
place dans sa pensée !

Quand le vicomte se fut suffisamment
convaincu qu'il avait affaire à un être parfaitement vivant :

— Vous ici monsieur le docteur? — lui
dit-il.

— Vous le voyez, monsieur de Saint-Pol, — répondit tranquillement Gabriel, après avoir reconnu la personne qui l'interpellait.

— Mais vous étiez donc de la chasse?

— Ne savez-vous pas, vicomte, qu'un docteur comme moi, chasse toujours!

— Le fat! — pensa Saint-Pol, — avec ses phrases à double entente, il croit parler comme un sphinx; mais, parbleu! on est de force à deviner ses charades amoureuses, emmêlées d'hiéroglyphes galants!

Il poursuivit :

— On m'avait raconté votre mort, docteur : Je vois avec plaisir, que vous vous portez à merveille.

— Le mieux du monde, monsieur !

— Vous avez donc fait un voyage?

— Je voyage toujours !

— Il chasse toujours ! il voyage toujours ! —pensa le mousquetaire ; le diable d'homme ne se repose donc jamais? ha ! ça ! mais comment se fait-il que je le retrouve, ici justement dans ce pavillon, mon pied-à-terre, à moi, vicomte de Saint-Pol? Le pavillon aurait-il changé de maître, sans me prévenir? Ma cousine de Miremont aurait-elle cédé son abbaye avec ses dépendances? Voilà un mystère, qu'il me tarde de pouvoir découvrir ! et, vive Dieu ! je le découvrirai !

— Cher docteur, — lui dit-il, — comment se fait-il que je vous rencontre dans ce pavillon?

20

— Et, vous même, monsieur le vicomte, comment se fait-il que je vous y rencontre?

— Mais... — répondit le vicomte, — Mais...

Le docteur témoin de l'embarras que lui causait sa demande, sembla vouloir venir à son secours.

— Pardon, vicomte, — lui dit-il, — j'ai eu tort de vous faire cette question, moi qui sais tout l'intérêt que vous portez à cette petite maison, ainsi qu'à l'abbaye, sa majestueuse voisine.

— Comment? docteur, vous savez que je porte intérêt à ce pavillon et...

— Et au couvent... je le sais, monseigneur!... vous aimez jusqu'à son vieux mur.

— Pourquoi me parle-t-il du vieux mur du couvent? — pensa Saint-Pol.

— Un mur que vous connaissez très bien, vicomte.

Ce dernier regarda Gabriel d'un air stupéfait.

— Comment? — pensa-t-il, saurait-il encore que... ce mur...

Voilà qui est incroyable. Est-il donc sorcier; plus sorcier que les sorcières de *Macbeth?*

— Tenez vicomte, — poursuivit le docteur, d'un ton qui devenait de plus en plus railleur, je vois que vous avez oublié le mur, pour vous le rappeler, permettez que je vous en fasse la description.

— Au talent de docteur, joindriez-vous celui d'architecte?

— Par habitude, vicomte, je cumule en toute chose, autant qu'il dépend de moi... Je vais vous décrire le mur du couvent.

— *Bah!* — fit le vicomte.

— Non; du *haut*, — répondit Gabriel, en se permettant un jeu de mot... C'est ordinairement par le haut du mur qu'on le saute; à moins, pourtant, qu'on ne fasse un trou au milieu. Vous n'avez pas fait un trou au milieu du mur, mais vous l'avez sauté.

— Moi!

— Vous même, vicomte! Et tenez! si votre mémoire est tellement fugitive qu'il faille venir à son secours, veuillez ôter votre gant.

— Et pourquoi, cher docteur, ôterais-je mon gant?

— Votre gant de la main droite... à cette main-là vous devez avoir une cicatrice...

— Il sait tout! pensa le mousquetaire, — absolument tout! mon avenir d'abbé se trouve plus que jamais compromis... Mais j'y songe : il est capable de compromettre aussi ma cousine de Miremont! voilà, certes, ce que je ne permettrai pas!

— Le vieux mur du couvent, — poursuivit l'impitoyable docteur, a douze pieds de haut.

— C'est bien cela, — se dit tout bas le vicomte.

— En outre, il est couronné d'une guirlande fort pointue.

— C'ést bien cela !

— C'est là, vicomte, que vous avez reçu la blessure, fort glorieuse, du reste, dont vous portez encore la cicatrice!

Le vicomte sentit le feu de la colère lui monter au visage, mais se contenant encore, il répondit :

— Monsieur le docteur, pour si bien peindre un champ de bataille, il faut l'avoir visité..... Docteur, auriez-vous visité celui-ci ?

Gabriel ne répondit pas. Peut-être n'avait-il pas entendu. Il feignit, du moins, de ne pas entendre. Excellente tactique pour se croire dispensé de répondre.

Il poursuivit donc :

— Eh bien ! vicomte! me croirez-vous

désormais bien informé? mais pourquoi parler du passé? parlons du présent. Parlons de l'entretien que vous avez eu, ce matin, avec une femme charmante.

— Ce matin... moi?

— Ce matin... vous... ici, monsieur le vicomte.

Saint-Pol pensa décidément que le docteur avait fait un pacte avec le diable.

Gabriel continua :

— Oui, monsieur le vicomte, aujourd'hui, à l'instant même, vous venez de mettre en ligne toute votre artillerie de campagne !

—C'est parbleu! bien lui, pensa le vicomte, qui s'est mis en campagne pour dépister mes secrets... c'est bien le docteur le plus

éclairé que je connaisse ; reste à savoir s'il
n'a point des éclaireurs... Parbleu ! si je les
connais jamais , je prendrai le plaisir de
leur couper les oreilles !

— Savez-vous, vicomte, que le feu a été
très vif, et très long, — poursuivit Gabriel.

— Trop long , — répondit Saint-Pol , —
beaucoup trop long ; et l'inconvénient d'un
feu trop long, c'est de faire long feu... J'ai
fait long feu, mon cher docteur.

D'après ces dernières paroles du mousquetaire, on peut présumer que, voyant
tous ses secrets devinés, il ne cherchait plus
à les cacher... A quoi bon ? il était trop tard,
Comme un grand criminel qui s'aban-
donne à la clémence de ses juges, Saint-

Pol se livrait tout entier à son adversaire.

Il poursuivit :

— Vous le voyez, docteur : si j'ai échoué aujourd'hui, ceci est d'un excellent présage pour mon avenir.

— Pour quel avenir, vicomte ?

— Mais pour mon avenir d'abbé !

Gabriel eut l'irrévérence de faire un certain mouvement d'épaules qui déplut à l'irritable vicomte ; oubliant alors le rôle de parlementaire qu'il croyait avoir gardé assez longtemps, et donnant à ses paroles un accent qui tenait beaucoup plus du mousquetaire que de l'abbé.

— Écoutez-moi, monsieur, — lui dit-il, — je n'ai pas l'avantage de vous connaître particuliérement... Je sais seulement que vous êtes un garçon fort spirituel.

Gabriel s'inclina ; puis il répondit :

— Qui vous dit, monsieur, que je ne suis pas marié ?

— Alors, c'est un mari spirituel que je devrais dire... et encore non : l'expression serait inexacte , il n'y a point de mari d'esprit : autrement, ce mari-là serait encore garçon... Je dis donc que je vous crois un fort galant homme.

— Très bien, vicomte... Et la conclusion de tout ceci? — demanda Gabriel.

— La conclusion ! ne l'avez-vous pas devinée ?

FIN DU TOME PREMIER

TABLE DES CHAPITRES.

FIN DE LA TABLE DU TOME PREMIER

Paris. — Imprimerie de Lacour et comp.,
rue St-Hyacinthe-St-Michel, 33.

1